論創海外ミステリ17

RONSO KAIGAI MYSTERY

MURDER'S BURNING
S.H.Courtier

謀殺の火

S・H・コーティア
伊藤星江 訳

論創社

読書の栞（しおり）

わが国に紹介されたオーストラリア出身のミステリ作家といえば、古くは『二輪馬車の秘密』（一八八六）のファーガス・ヒューム（一八五九〜一九三二）が知られているが、なんといっても有名なのは名探偵ナポレオン・ボナパルト刑事を創造したアーサー・アップフィールド（一八八八〜一九六四）であろう。ただし三十冊弱あるシリーズ作品のうち、翻訳されているのは五本の指にも及ばない。逆に、六〇年代に大量に邦訳されたカーター・ブラウン（一九二三〜八五）は、B級ハードボイルドという立ち位置が災いしてだろう、現在ほとんど入手がかなわない。

近年になって六〇年代に活躍したパトリシア・カーロン（一九二七〜二〇〇二）が紹介された他、「オーストラリア・ミステリ・コレクション」（文春文庫）として、マレール・デイ（一九四七〜）、ピーター・ドイル（一九四九〜）、シェイン・マローニー（一九五三〜）らの作品が邦訳されたこともあるが、かの地のミステリ事情はまだまだ闡明（せんめい）でない。

こうした状況の中、アップフィールドと並び賞せられるオーストラリア作家の一人であるS・H・コーティア（一九〇四〜七四）が、本邦初紹介されるのは意味のあることといえよう。森英俊『世界ミステリ作家事典［本格篇］』（九八）において代表作の一冊に掲げられている『謀殺の火』（六七）は、いかにもかの地の作家らしい異様な迫力に満ちている。

友人が教員として赴任した渓谷が山火事に見舞われ、彼を含む九人の犠牲者が出る。その六年後、主人公が焼け跡に向かい、真相を探り出すというシンプルな筋立てだが、友人から届いた手紙や調査会社によるレポート、さらには検死審問の記録や新聞記事などから、事件当時の状況を再構築していくという構成が、なんとも渋い。現場の遺留品から得られた情報も踏まえて、じっくりと推理を重ねていく展開は、本格ミステリとしての醍醐味にあふれている。また、調査を進める主人公を苛む自然が、読んでいるこちらまで汗ばむほどの迫真性で描かれており、それが作品を包む呪術的な雰囲気の醸成に与っている。

その上、廃墟の暗い熱気にあてられた読者は、最後の最後になって驚くべき場所に放り出されることになるのだ。このねじれ具合、一度味わえば癖になること間違いなし。端正さにとどまらないアナーキーな魅力を堪能していただきたい。

装幀・画　栗原裕孝

目次

主要登場人物

スチュアート・ハミルトン……………主人公。パトロール巡査

＊

パット・カラザス…………スチュアートの親友。ペラディン渓谷に赴任した学校教師
ウォレス・シェルトン…………渓谷の牧場の所有者
ハリエット・シェルトン…………ウォレス・シェルトンの娘
アダム・クイントリー…………ウォレス・シェルトンの会計士
ソール・レギア…………牧場の管理人
ミュリエル・レギア…………ソール・レギアの妻
ギルバート・レギア…………レギア夫妻の息子
ウィリアムズ三兄弟…………ジョージ、フランク、テッド。カラザスの友人
サリー・ウィリアムズ…………三兄弟の母親
ジェームズ・プロクター…………判事
ウィリアム(ビリー)・チャド…………渓谷の住人
ヒルダ・チャド…………ビリーの妻
ローリー・コーベット…………渓谷の鼻つまみ者
サム・コーベット…………ローリーの叔父。牧場の商店主
エミリー・コーベット…………ローリーの叔母
ロバート(ボブ)・ミラー…………渓谷の住人。元パイロット
ベティ・ミラー…………ボブの妻
パーシー・アンダースン…………牧場の従業員
サンディー・グラハム…………牧場の従業員

1

ペラディン渓谷の大火でパット・カラザスが死んだとき、僕はひどいショックを受けた。それからというもの、彼のことが、ずっと頭について離れなかった。たぶん、心から彼の冥福を祈り、思い出を胸にしまっておけばよかったのだろうが、彼はしきりに目の前に現われた。彼とはポートモレスビーで出会った。当時二十一歳のたくましい青年で、先住民の学校で二年間教えるためにやってきた。灰色の瞳(ひとみ)に鷲鼻(わしばな)のそばかすだらけの顔をほころばせて、愛嬌(あいきょう)たっぷりだった。そして、モレスビー空港で握手を交わしたのが最後になった。

　彼は僕をどう見ていたのだろう。彼が死んだ今となってはわからない。存命中に互いのことを深く語り合ったことはないのだ。僕は彼をどう見ていたのか、考えたらきりがない。山に登っているとき、子どもたちに教えているとき、権力に居座る者の罪を厳しく糾弾しているとき、どんなときでも彼は熱意に溢(あふ)れていた。その上、一緒にいると楽しい良き友だった。

ビールを飲みながら気の置けない長話もできたし、友好的に意見を戦わすこともできた。ただ黙って砂州に腰を下ろし、魚がかかるのを待つこともできた。堂々と自宅に招き、家族に紹介できる友人、彼はそんな男だった。

だが、家族には紹介できずに終わった。あの二月八日のペラディン渓谷を激しく焼きつくした大火で死んだのは、彼一人ではなく、ほかに八人いた。多数の動物や鳥たちも死んだことは言うまでもない。僕は、気の毒にも亡くなった人たちに一度も会ったことはないが、彼らが善人、悪人、凡人にかかわらず、どういう風貌(ふうぼう)で、どのように生き、誰を愛し、憎んだかを知っていた。

それを教えてくれたのはカラザスの手紙だった。彼がヴィクトリアに戻り、東ギプスランドにある学校での教職の任を受けて以来、僕に手紙を寄越していたのだ。空港での別れ際、常に手紙で近況を報告しあおうと僕たちは約束し、それを忘れなかった。彼のほうが筆まめだった。というのも、パトロール巡査の僕は、度々長期に渡って奥地に入らなければならず、いつでも手紙を書ける状況ではなかったのだ。だが、僕の返信の有無にかかわらず、彼からは毎週毎週手紙が届いた。その上、彼は大の写真好きだったから、大抵、写真とスライドも同封してあり、ペラディン渓谷と住民たちの様子は僕もよく知ることができた。

今度の僕の長期休暇にはペラディン渓谷で数日過ごすと二人で固く約束していたから、住民たちの様子を僕自身の目で確かめるつもりでいた。だが、カラザスの死で計画は潰え、渓谷に行く願望は失われた。四年後に懐かしい話を耳にしなければ、行ってみようとすら思わなかっただろう。

僕は、本土（オーストラリア大陸）の休暇から戻ったばかりのパトロール巡査仲間トンプソンに会った。彼と話をしていたら、思いがけずパット・カラザスという名が出た。カラザスを含め、火事の犠牲者たちは、トロスボの墓地に埋葬されたという。僕は葬儀に花輪を送ったから、そのことはすでに知っていた。だが、二人の男の遺体がいまだに見つからないというのだ。捜索は火事の後二週間精力的に行なわれ、つづく数ヶ月間単発的に行なわれたらしいのだが。

二人の男というのはウォレス・シェルトンとソール・レギアだ。二人の名前はカラザスの手紙でおなじみだったし、二人の風貌も、もちろん、写真でよく知っていた。シェルトンはペラディン渓谷の牧場の所有者、レギアは管理人だった。僕が渓谷を訪問する際には、シェルトンの屋敷に滞在すればいいとカラザスは言っていた。彼自身の住まいもそこにあった。下宿人というより家族の一員といった恰好だった。ウォレス・シェルトンは、教師の生活費支払いの申し出を断固拒絶していたのだ。

シェルトンとレギアの形跡がまったく発見されていないというのは、ちょっと信じられないが、トンプソンの話によれば、火事はとてつもなく激しいものだったらしい。樹木、丸太は火事の後、何日もくすぶり続け、死体は完全に灰と化すほど。それに、谷の南壁には火に追い詰められたシェルトンの家畜の骨が、いまだに山のように残っていて、その中から二人の骨を見つけ出すのは気の遠くなるような作業だという、もっともな説明もした。

いまだに残っているというのはどういうことかと僕が質問すると、彼はその地所に関するひどく奇妙な話をした。火災の後、ペラディン渓谷はずっと打ち捨てられたままなのだ。元の住民ばかりか、シェルトン一族の者ですら誰一人として戻ってきていない。だが、大牧場はいまだに一族の所有になっているという。

トンプソンの〈シェルトン一族〉という言い方は正確ではない。カラザスの手紙では、シェルトンは二人しかいなかった。炎の中に消えたウォレスと彼の娘だ。たしかハリエットという名前だったと思う。カラザスによれば、シェルトンの妻のヘレンは、ハリエットを出産してまもなく亡くなっている。

だが、僕はこの点は口にしなかった。僕にとって重要なのは、トンプソンの話を基に、カラザスの手紙をもう一度読み返してみることだった。おそらく、僕は、長い年月が経過するうち、全体像を把握していたのだろう。以前なら、人間の弱さの例にすぎないように思えた隠れた事実が、今はむしろ、ペラディン渓谷ではすべてがうまく運んでいたわけではなかったことの暗示のように思えるのだ。カラザス自身も、順風満帆ではなかったはずだ。そんなわけで、やはり、どうしてもペラディン渓谷に行かなければという思いが膨らんでいった。

そう決心はしたものの、九ヶ月、十ヶ月もの休暇の予定はなかったので、すぐには実行に移せなかった。それに、行くのなら、夏（オーストラリアでは十二月から二月）の渓谷を見たかった。きっと、火事になる前の様子を偲ばせてくれるだろうから。都合よく予定を組むのに四苦八苦した。熱地で血の気が薄くなっているオーストラリア人は、冬（オーストラリアでは六月から八月）に南に向かうのを嫌う。そんなわけで、どの時期に行くことにするか、ずいぶん頭を悩ませた。

出発まで一年と十ヶ月が過ぎた。だが、その長い時間は無駄ではなかった。若き日の大半をパプアニューギニアの奥地で過ごしたような男に可能なかぎり、火事に関する事実を集めた。メルボルンの新聞切り抜き代理店は、惨事について語られたり、書かれたりした重要なものはすべて提供してくれた。新聞記事、目撃談、生存者の話、公式声明。この中には火事の後四ヶ月後に行なわれた検死官の調査記録も含まれていた。

やはりメルボルンの信頼できる調査代行社トリスト社は、生存者が現在どこに住み、何をやっているかについて情報を集めてくれた。その上、渓谷にある各建物――牧場主の屋敷、平屋、店、作業場、火薬庫、格納庫、学校、通路、フェンス、テニスコート、水泳プール、火災避難所――の位置が正確にわかるようにと、最新の官製地図も送ってくれた。

この膨大な情報をじっくり検討していくに従い、僕の不安は膨らんでいった。それぞれの話の中にある相違点や矛盾点が見えてきたのだ。火事の始まりから、燃え拡がって、ついに渓谷全体を覆い包むまでの生存者の説明には矛盾があった。猛火が迫ってきたとき、渓谷の人たちがいた場所の説明に一致しないところがあるし、事の推移を同じ順番で捉えている目撃者もほとんどいない。全部の話に目を通した結果、二つの離れた箇所で別々にあがった火の手が、一丸となって一気にペラディン渓谷を焼き尽くしたような印象を受ける。

もちろん、これは深く考えずに思い付いた解釈だ。命を脅かされるような猛火とひどい煙の中にいれば、いかに分別ある人間でも、正確で注意深い観察などできないだろう。だが、話の矛盾点と、カラザスの手紙から受けるなんとも奇妙な感じとを考え合わせると、ペラディン渓谷があんな悲劇に見舞われるのももっともなような気がして、一層、不安は濃くなった。

そこで、不可解な話にまつわる人物を記述したカラザスの手紙を何度も読み返し、その後、その人物たちの写真とスライドを引っ張り出して、細部まで違わずに思い浮かべられるようになるまで、じっくり観察した。今、こうしてみると、子どもたちの顔を除いて、彼らの顔は多くを語っていて、内面の葛藤(かっとう)が如実に現われているような気がする。

手紙といえば、僕の手もとに、カラザス以外の人が寄越した手紙が二通ある。一通は彼の母親から来たもので、こう記してある。

親愛なるミスター・ハミルトンへ

ご親切にお悔やみの手紙をいただき、まことにありがとうございます。パットの死は、私ども二人にとって、大きな打撃でした。溌剌として、たくましく、熱意に溢れていたあの子にもう二度と会えない、決してあの声を聞けないなんて、とても信じられないのです。週末になると、道路をやってくる息子のおんぼろ車のエンジン音が聞こえてくるのではと、思わず耳を澄ましています。

あなたは、パットと共通したところがとても多くあります。息子が北部の特別地区にいたときも、いつもスチュアート・ハミルトンは親友だと語っておりました。そして、ニューギニアの写真にはもちろん、必ずあなたが写っておりました。ですから、私どもには、あなたは家族ぐるみの友人なのです。いつかぜひ我が家に来ていただきたいと思っています。

私どもは悲嘆にくれておりますが、あなたがパットへ捧げてくださった素晴らしいお言葉とお悔やみに、心より感謝いたします。

敬具

メアリ・カラザス

もう一通の手紙はこうだ。

親愛なるミスター・ハミルトンへ

私はミス・ハリエット・シェルトンの代理人として、あなたが、彼女の父ウォレス・シェルトンの死を悼み、お悔やみ状を下さったことに感謝いたしております。代筆をお許しください。彼女はいまだに深い悲しみに沈んでいるのです。

当方では、あなたがパット・カラザス――惜しいことに、いい人間が逝ってしまった――を訪ねてきたときに、お会いできるのを心待ちにしていました。ハリエットは、そのうちにきっとあなたがメルボルンに来てくれると、期待しています。その際には、どうか我々のところにお立ち寄りください。パットは、北部特別地区にいる友人のことを、いつも話しておりました。

敬　具

アダム・クイントリー

休暇が来るまでにまとめた僕のアダム・クイントリーに関するメモは、批判的だ――。

Ａ　資料――パットの手紙と写真。クイントリーはシェルトンの会計士兼おそらく仕事仲間。三十二歳くらい（火災時）。長身、髪は黒く、有能そうな風貌。大抵はメルボルンにいて、シェルトンの手広い投資に目を光らせている。

Ｂ　資料――調査代行社のトリスト社。シェルトンの遺言で、ソール・レギアとクイントリーは、娘が二十三歳になるまで、財産の共同管財人になっている。レギアが火事で死亡したため、クイントリーが単独で職務を遂行。有能な遺産管理人で、火事で損害を蒙ったにもかかわらず、財産を殖やしている。ハリエットの合意を得て、渓谷の住民全員に支払われた相当額の補償金は、ほとんど保険金で賄われた。金融界でのクイントリーの評価は高い。金銭の信用状態は揺るぎないものがある。最近、ハリエットと婚約。

これらのメモを検討すると、ペラディン渓谷が打ち捨てられている理由は、このあたりにあるのではないかと思ったりする。都会派のアダム・クイントリーは、所有者のシェルトンと実際の牛飼い人レギアから奪い取った大牧場を経営することに物足りなさを感じていてもおかしくない。シェルトンの財産はペラディン渓谷だけではないから、余計な金をつぎ込んで渓谷を再建する必要はないと、クイントリーは思っているのかもしれない。それに、きっと、彼自身の仕事もしなければならない。人のことばかりにかまけていられないではないか。だが、どうしても二つの疑問が湧いてくる。なぜ彼はハリエットの代理人として、ペラディン渓谷を売却しなかったのか？　なぜ、不毛で使いものにならないまま放置しておくのか？

僕は四ヶ月の休暇をとって自由の身になり、一月十九日モレスビーからシドニーへ飛んだ。二週間両親と楽しく過ごしながら、ペラディン渓谷へ行く準備をした。余暇には未開地に入って過ごす父は、保険付きの四輪駆動車とギア付きの特製テントを貸してくれた。ほかに、ガス・ボトルのストーブとランプ、灯油冷却機、折りたたみ式テーブルと椅子、折りたたみ式簡易ベッド、カンバス製の浴槽も貸してくれた。

父の手を借りて、缶詰、小麦粉、塩、紅茶、虫除け、箱詰めのビールとフルーツジュースを仕入れた。それに父の案でウィスキー一瓶も。うちの親父さんはありがたい。だが、僕が、カメラといっしょに、カラザスの手紙とスライドがびっしりはいった箱とスライド試写装置、トリスト社の報告書と新聞の切り抜きの束を荷物に詰め込んでいるのを見て、父はただならぬものを感じたようだった。僕は、事情は戻ってきてから話したいと伝えた。

二月四日、火事で死んだ者の六回目の命日を迎える四日前、僕はプリンセス・ハイウェイを南に向かってジープを走らせた。モーテルに二泊して、ゆっくり移動した。二月六日、早朝、東ギプスランド境界線を渡った。その日の午前中は大変な暑さで、音楽番組を流していた携帯ラジオから、時折、キャンプをする人々に向けて、ヴィクトリア全域で野外での火気使用は厳禁という警報が流れた。

幸いにも凪はなかったが、ペラディン渓谷に、食事が作れるような家か小屋か焼け残った場所があればいいと思った。二年の監獄奉公をするような羽目にはなりたくない。もちろん、僕が渓谷で、合法なことは、もちろん非合法の行動をしているのを誰かに目撃されても困る。

境界を通過してから九十キロほど行ったところで手持ちの道案内書を調べてみた。ペラディン渓谷に入る道の跡らしいものがあるだけで、入口に道標が立っていないのではないかと思ったのだ。標識はあるにはあったが、気味の悪い添え書きが付いていた——四輪車輛にのみ適す。

跡を辿りながら、どうにか三キロほど進んでは来たが、どんな車輛でもこの道を走るのは無理だ。だが、ほかに道はなく、このまま突き進むより仕方がない。地図を見ると、渓谷まで楽に車でいける唯一の道は、百六十キロほど西方にあるスノーライン・ハイウェイから東に入っていけばいいのだが、その分岐点まで三百二十二キロもある。

雷のよく鳴る暑さの中、荒く刈られた山間部を二時間ばかり西方にのろのろ進み、鬱蒼と木が繁る小峡谷の奥にはいった。道筋は北に折れ、西からやってくる道と合流した。おそらく、これが地図にあるスノーライン・ハイウェイから分岐した走りやすい道なのだろう。

合流してからの道路は確かに走りやすくなったが、勾配はかなりきつくなった。ロー・ギアにして少しずつ登っていくと、溝に出くわした。道は、溝を越えた先から下り坂になり、見えなくなっている。そろそろエンジンを冷やしたいころだったので、車を木陰に寄せ、溝を調べようと車を降りた。今まで来た狭い道筋はそこから左に折れ、急に百八十メートルほど落ちるように下の岩棚へ向かい、その先の平板な土地を右曲がりに続いている。

ここを始めとしよう。僕はシャツのポケットから厚いノートを取り出した。三日前に調達したもので、まだ買った店の匂いがした。初めてノートを開き、第一ページに書き付けた。


二月六日、月曜日、ペラディン渓谷に到着、午後十二時十九分

だが、木々や介在する崖、突き出した玄武岩に遮られて、渓谷はよく見えなかった。ポケットに日記をしまって、ジープに戻り、袋の中の冷えておいしい水を飲んだ。ケースをはずした双眼鏡を携えて、左手の坂を登り始めた。勾配は急で、三十メートルも進まないうちに息が切れ、汗だくになった。

木々を払いのけて崖の淵にでてから、さらに断崖伝いに続く上り坂を左に進んだ。一番高

い地点に着くまで、ずっと視線を地に落としたまま歩いていった。なぜなら、渓谷を初めて見るにあたり、一端とか、一部分ではなく、その全景を一望に収めたかったのだ。顔を上げて北の方を眺めると、眼前にペラディン渓谷が広がっていた。断崖や高台、岩壁が、小山やくぼ地を抱え込むようにして、周囲を囲んでいる。

渓谷は、南北は二十二キロに延び、幅は五キロほどだ。北東の奥から蛇行して流れている河川(クリーク)が、くねくねと曲がりながら西方に向い、大きな弧を描いてまた東に戻ると、僕が立っているところから一・五キロほど離れた広いところを流れ、一見したところ、ほとんど通れないような険しい岩間へ注ぎ込んでいる。

クリークは乾いていた。草も、平地に点在するゴムの木も乾燥して萎(しお)れていた。渓谷の北方西側の向こうに、オーストラリア・アルプスのたて溝の入った土塁の骨組みが立っている。近いところは暗青色に、遠方は熱で靄(もや)って見える。

緑が芽吹く春には、アカシアの木が繁り、野の花が満開に咲いて、さぞや美しかったにちがいない。今だって、目に沁(し)みるようなコバルトブルーの空の下、熱射のせいで青白く煙るような大気に満ち、目を奪うような厳しい雄大さを湛(たた)えている。

ここに三十六人が暮らしていた。そのうちの九人が酷い死に方をしたのだ。

双眼鏡を構えた。北東の角に見えるのは、一群の建物の残骸(ざんがい)らしい。その敷地内に連なる道も見えた。それと、ところどころ途切れながら、長くまっすぐ延びている茶色の線を見つけた。フェンスの跡にちがいない。夥しい数の黒い断片は、火事の後、何週間も燃え続けた木や大きな材木が、大量の炭と化したものだろう。

一方で、生き延びた木や新しく生まれた木も数多く見える。草も、夏枯れして黄色くなっているものの、丈高く、生い茂っている。だが、ペラディン渓谷の人間たちの営みはそんな回復力は見せず、逃げ出したっきり戻って来なかった。

僕は、もう一度喉を潤したいところだったが、大急ぎでジープに乗り込み、渓谷に向かう急斜面をロー・ギアでゆっくりと下って行った。やっとの思いで下に辿り着くと、崖が削られてできた岩棚の急斜面を振り返り、ジープを停めた。カラザスの手紙の束を取り出した。読みたい手紙はすぐ見つかった。

　スチュアート、僕は、この学期休みには帰省しなかった。そのかわり、ウィリアムズ三兄弟と、牛の群れをトロスボの買主に届けに行った。

　一度に相当な台数の運搬車を先導して、カイラの上流からクク‐ククの小道を下った君でも、ウィリアムズにはとてもかなわない。ああ、丘陵地帯のあんなに急坂な道を、四百頭ものヘレフォード種の牛の群れを追っていくなんて。

僕自身はたいしてやることはなかった。四輪車で後からついていき、牛に餌をやったり、予備の馬の世話をしたりするだけだ。移動の最初、群れを渓谷から岩棚に追い出すウィリアムズの熟練ぶりは、そう簡単に忘れられるものではない。

三日がかりで群れをトロスボの放飼場まで追っていった。ウォレス・シェルトンとソール・レギアが取り引きの決済のためにヘリコプターでやってきた。終了後、一緒にヘリで渓谷に帰ろうと言われた。

誘いを受けるべきだったのかもしれないが、ウィリアムズ兄弟と来た旅だから、帰りも彼らと一緒にと思ったのだ。あの兄弟はいい奴らだ。いずれも瘦せて上背があり、黒髪に瞳は緑色だ。上は二十五歳から下は二十一歳までの三人の名前は、上から順にジョージ、フランク、テッドといい、ユーカリの木みたいに頑丈だ。

取り引きが終わって、四人で静かに酒を飲もうと、酒場に向かった。静かに飲めるのかって？　地元の人間が軽蔑したような目でぼくらを見ているのはわかったが、全然気にしなかった。フランクがいなくなって、ペパーミントを一袋買ってくるまでは。食べるわけじゃないんだ、スチュアート。常連客がグラスを持ち上げたところを狙ってペパーミントをはじきとばし、ジョージとテッドがその結果に賭けるんだ。

男がビール・グラスをまさに口元に持っていこうとする瞬間に、ペパーミントをビールの中に落とせるかどうかという賭けなのだ。どうなるかは想像がつくだろう。三十秒後には大喧嘩だ。それでやっと、地元の人間が、ジョージとフランクとテッドを不信そうに見ていた理由がわかった。

僕は何をしたかって？ そう、男たるもの、仲間を見放すべからず。だから、ご立派な教師は張り切って参戦し、頭を低く構え、腕を振り回した。酒場をちょっとばかり壊して、歩道に転がり出ると、警察がやってきた。

ジョージ、フランク、テッドにとって警察なんて、なんの意味もない。喧嘩は続いた。それでももちろん、まぬけは仲間を見放さない。とうとう、刑務所にぶち込まれ、翌朝判事の前に引き立てられた。

幸運にも、ジェームス・プロクターというこの判事は紳士で、老練な牛飼いであり、若い頃にはなかなかの暴れ者だった。図を示して正式な証拠説明をした後、彼は、本日の法廷終了時までの収監を言い渡したが、もし、我々が諸々の損害金を支払うなら、宣告は記録に残さないと付け加えた。警官を含め、我々は皆で握手しあい、家路についた。一人頭の支払い額は十五ドル。当然、目の周りは黒あざで、打ち身だらけだ。

ウィリアムズ兄弟はひょうきん者だが、ここの住人の中で彼らが一番気心が知れる……。

僕は、ウィリアムズ兄弟が四百頭のヘレフォード牛を追い上げた断崖を、もう一度、振り返ってみた。緑色の目をして、痩せて上背のある兄弟の姿を、それからカラザスを想像した。灰色の目の、大きくて活力にあふれる姿。きっと、大立ち回りの間中笑っていたにちがいない。最後まで仲間を見放すべからずのはずだったのに、ジョージ、フランク、テッドは渓谷の一方の片隅で、カラザスは北西にある学校のそばで死んだ。三人兄弟の遺体はいっしょに見つかり、カラザスは一人で死んだ。彼らが死んだ理由をなんとしても突き止めなければ、という思いが湧いてきた。

手紙の束を箱に戻し、ジープを発進したが、北に向かう道をとらず、左に曲がって草地の上を駆っていった。ずっとウィリアムズ兄弟のことが念頭を去らなかった。というより、何かが気にかかった。

八百メートルほど走って、ユーカリの木の陰に車を停めた。新聞記事が正しければ、三兄弟の遺体はこのあたりで発見された。火災時、この一帯には木が多かったらしく、焼けた残骸がたくさんある。黒灰色のやせ衰えた幹、半ば腐敗した切り株、今にも崩れそうな炭の塚。

ジープから四百メートルほど遠くにある断崖に向かって、枯れて砕けやすい草を分けて歩いていった。九十メートルも行かないうちに骨を見つけた。その後にも、夥しい数の骨があった。風雨に晒されて灰色になり、ひび割れ、草が隙間にも周りにも覆いかぶさるように生えている。あの日に死んだヘレフォード牛は三千頭、その頭数分の骨が山ほど残されていた。牛たちに逃げるチャンスはまったくなかった。北西からの暴風がすさまじい勢いで吹きつけ、火を煽った。火に追われた牛たちは踏みつけあい、ついに断崖に追い詰められて逃げ場を失った。

頭蓋骨、あばら骨、脊椎骨、脚の骨などがちりぢりばらばらに打ち捨てられている。ヘレフォード牛たちは右往左往して蹴飛ばしあい、もがいた果てに、煙に巻かれ、火にあぶられて死んでいったのだ。その目の前が真っ暗な恐怖。

トンプソンが言ったように、これらの朽ちた骨の堆積の中に、ウォレス・シェルトンとソール・レギアの遺骨がまぎれている可能性は大いにある。二人はその日、ウィリアムズ兄弟や他の男たちとともに、何頭かは助けられるのではと考え、北東の端に牛を追いやろうと繰り出したのだ。しかし、僕は、二人の頭蓋骨を探すつもりはなかった。もうすでに捜索済みだろうし、死体安置所さながらの雰囲気は六年の季節の移り変わりで風化されてはいるものの、少なくとも、今は、骨の山に鼻を突っこむ気にはなれなかった。

ジープに戻って、また、手紙を取り出した。

スチュアート、ペラディン渓谷は、鳥獣にとって楽園だ。ここに棲息しているのは、コアラ、ワラビー、ユビムスビ、タカ、オウム、スズドリ……。
僕は、スズドリのさえずりをどういう言葉で表わそうか、あれこれ考えてみた。スズドリが相互に鳴き合う声を知っているだろう。同じ高さのさえずりは一声としてなく、全体としてピアノの変ホ音で調和しながら、さえずりの声は膨らんでいく。一番それらしく書き表わすと、ティン‐ティン‐ティーン‐ティーン、こんな感じかな……。

実際のさえずりをテープに録音しておくから、ここに来たときに聞かせてあげよう……。

この間の朝、早起きして、車で、東の岩壁にある火災避難所に行った。渓谷には火災避難所が三箇所ある。まったく必要ないことを願うが、この山火事の多い土地では先のことはわからない。壊滅的な火事に見舞われた場合、当然、スイミング・プールが最高の避難所だ。君も見れば、きっと……。

今回は、火に追われて避難所に来たわけじゃない。美しいミソソザイの朝のさえずりを録音したかったのだ。ミソソザイは、避難所に生えているシダや蔓植物（つるしょくぶつ）や木に巣をつくっている。僕は、まだ夜が明け切らないうちに避難所に上がり、トンネルの入り口に録音機をセットして、待機していた……。

何をおいても、いの一番に調査すべき場所は火災避難所と決めていたから、カラザスがミソソザイの朝のさえずりを録音した場所へまっすぐ向かった。途中クリークを渡り、北に向かう道を十キロほど辿ってから、東に折れ、低木地と単調に広がる枯れた草地を突っ切って、ようやく東の岩壁に到着した。断崖の避難所には、木やシダが再び命を吹き返していて、日陰の奥のほうで、アオミソソザイのさえずりが聞こえた。

トンネルの入口は、渓谷の地面から十メートルくらい上方にあった。懐中電灯を手に、入口まで登り、トンネルの中を照らした。一メートル半から二メートルごとに太い丸太の支柱をあてがってある。トンネルの高さは、男性の平均身長くらいで、幅は、人間二人が並んで歩けるくらいだ。中を調べる前に、僕は一面枯れ果てた渓谷を眺めやり、生存者の一人であるギルバート・レギアの話を思い出した。彼は、ソール・レギアの息子で、新聞にこう語っていた——。

「ぼくたちは数人で、ビリー・チャドのところに牛を追って行きました。北東の端にある、小さな谷のようなところです。時間は充分あると思ってました。もっとも、あたりは丘陵の奥から迫ってくる猛火の煙でいっぱいだったけれど」

「ぼくたちは、一頭たりとも牛がはぐれないように、一列になって馬を駆り、渓谷を進んでいったんですが、そのうち煙で互いの姿が見えなくなってしまったんです。炎がすぐ後ろに迫っているって気がついたのは十一キロほど行ったあたりで、火はまるで特急列車みたいな速さで迫ってきました」

「ぼくは頑張って、東の壁にある火災避難所まで行きました。乗っていた馬はつまずいてぼくを放り出すと、すごい勢いで逃げていってしまった。ぼくは走った。そうするしかなかったんです。そして、煙の中でハリエット・シェルトンに出くわしたのです。ずっと父親を探していると言ってました。彼女も馬に放り出されたんです」

「だけど、しゃべっている余裕なんかなかったから、ぼくは彼女の手をつかんで、走り続けました。煙の中を走るなんて、二度とごめんです。火災避難所になんとか辿り着いたけど、低木は、もちろん木という木はことごとく燃えていた。もし、アダム・クイントリーが避難所から出てきて、ぼくたちを引っ張り上げてくれなかったら、ぼくたち二人は逃げきることはできなかったでしょう。そこに二十四時間以上いました。そこを出てはじめて、ミスター・シェルトンやぼくの親父、ウィリアムズ兄弟とか、ほかの人たちの消息を知ったんです……」

僕はきびすを返して、天井につかえそうになる頭を下げながら、ハリエット・シェルトン、アダム・クイントリー、ギルバート・レギアの足跡を辿って、ゆっくりとトンネルを進んでいった。十五メートルほど奥に入ると、煙除けの幕が下がっていた。黄麻布が三枚並んで下がっていて、完全にトンネルを遮断している。その先、通路は左に曲がり、さらに左に曲がりこんで、広い洞窟へ出た。

　ここは本格的な避難所になっていた。ぞんざいながら木製のスツールに、今は空の水樽、ブリキの大皿、マグカップなどが揃っており、食器棚には缶詰と口を開けたろうそくの箱が一箱入っている。どこもかしこも埃と蜘蛛の巣だらけだ。缶詰は錆び付き、蓋の部分が膨らんでいる。床にはろうそくが立ち、タバコの吸殻や空き缶が投げ捨ててある。ここに二十四時間以上避難していた三人が、これらの缶詰を食べたのだろう。

　ここで火事が鎮静するのを待ちながら、彼らは何を話していたのだろう？　勇気を鼓舞しようと歌でも唄っていたのだろうか、それとも、あまりの恐怖に打ちのめされて押し黙ったままでいたのだろうか？　何をしていたにせよ、楽しかったはずはない。今だってここにいると暑いのだから、外で火が燃え盛り、強風でトンネルの中に煙が吹きこんできたらどんな状態かは、想像にかたくない。カーテンがあっても、煙は洞窟まで入ってきたはずだ。

　楽しいどころではない。

　僕はその場を離れ、カーテンをかき分けて入口に向かった。トンネルの中ほどまで来て、足をとめた。天井を支えている積み薪の隙間で、何か小さなものが懐中電灯の灯りでちらりと光ったのだ。腰を曲げてつまんでみると、男物の腕時計だった。ガラスは割れ、ベルトはとれていて、全体に乾いた泥がこびり付いていた。僕はそれをポケットにしまいながら、火事の恐怖に怯(おび)えているさなかに時計を落としてしまった持ち主に、返してやるときがあるかもしれないと考えた。

2

僕は、ビリー・チャドの小谷にキャンプを張った。渓谷の北東の端に位置する、険しい壁に囲まれた谷間だ。この時節にもかかわらず、窪地（くぼち）は青々としている。数本のアカシア、ブラックウッド、レッドガム、ブルーガムが一本ずつ、その間を埋めるように背の高いユーカリの木が生え、気持ちよく空き地を取り囲んでいる。苔（こけ）むした土手の間をちょろちょろと流れる細流がクリークに注ぎ込んでいるのだが、クリークは夏空の下で干上がっていた。焼け付くように暑い午後の静けさの中で、時々セミが鳴く声と、小谷の頂に密生している木々やシダ、クレマチスの陰を流れるせせらぎの音だけが聞こえる。打ち捨てられた炭の中に、煙突付きの野外炉と、表面が焼け焦げた屋根用の波型鉄板があった。そばには、ぱっくり口を開けた鉄製のタンクが雑草に覆われて転がっていた。くずを取っ払ってしまえば、野外炉を持参したストーブの代わりに使える。完全には火気使用禁止違反にならないで済むというものだ。

これらは、ビリーと彼の妻ヒルダ、娘のボニーの家庭の残留品だ。平屋は三室からなるつましいものだったが、かつてはそここに花は咲き、鉢植えが飾られ、灌木(かんぼく)や果樹、野菜なども育っていたのだ。

火事から逃れられたのは、当時十四歳だった娘のボニーだけだ。写真で見るビリー・チャドは、長身のひげ面で、ペラディン渓谷でウォレス・シェルトンに雇われていない二人の人間のうちの一人だった。もう一人はカラザスだ。ビリーは、罠(わな)を仕掛けて野犬や野ウサギを捕まえたり、編み細工の樹皮を集めたり、山奥を踏査したり、天然のハチの巣をとったり、野菜を栽培したりして生計を立てていた。いわば行き当たりばったりのような生活だったが、カラザスによれば、ビリー・チャドはそれで満足していたらしい。

妻と娘は満足していたかどうか、答えはなかなかむずかしい。

カラザスはこう書いている――。

ヒルダ・チャドは風変わりで、頑固な人間だ。肌は陽に晒(さら)されて硬くなり、寡黙で、感情に欠けている。いつも茶色の服を着て、やっている仕事によって、ごつい運動靴か男物の靴を履いている。

厳格で優しさのない典型的なカルヴァン主義（神の絶対的権威と予定的恩寵と禁欲的な信仰生活を強調した教義）を遵守している彼女は、気安く人に話しかけたりしない。それに、習慣的に、下剤のエプソム塩を服用する種類の人間だ。彼女が言うには、それが必要だからではなく、魂を清めるのに効くのだそうだ。

だが、彼女の現実の心はどうなのだろう？　本音では、ビリーをどう思っているのだろうか？　一見したところ、頼みもしないのにこんなところに連れてこられてというような表情をしているが、とにかく、今はここで辛抱していて、この先もずっとそうするだろう。

ビリーはどう考えているのか、僕にはあまりよくわからないが、たぶん、彼は、ちょっと節約すればすむことさ、くらいの気持ちでいるのだろう。いつもへんなしわがれ声で、畑や洪水、火事にまつわるほら話ばかりして、自分のことは決して語らないような男の何がわかる？

味も素っ気もない母親のもとで厳しく育てられ、エプソム塩の効用も母親と同じように信じているボニーは、肌が白く、茶色の瞳（ひとみ）をした少女で、一点の派手さも、飾ったところもない。しかし、頭がよく、僕が教えている中学の通信コースでは……。

ビリー・チャドとヒルダはここで死んだ。なぜ二人は、娘と一緒に安全なところに逃げなかったのかと考えているうちに、あの火事の日の事情を知るよりも、まず、ここで暮らしていた人々の心の奥を探り、たぶん彼ら自身ですら気がついていなかった動機と感情と野心に目を向けたほうがいいのではないかと思い始めた。しかし、古い手紙や新聞記事だけを手がかりに、どうすれば、あの事件からの六年間を埋められるだろう？

難問は後回しでいい。まず、渓谷という場所を調べてから、大きな問題にとりかかろう。ところで、まず自分の身辺を整えるため、キャンプを張らなければならない。

テントは、細流から充分に離れていて、午後にはブラックウッドの木陰になるところに張った。小谷側に向けて張ったので、すぐ正面にメスメイト、左側にレッドガム、右側にブルーガムの木という位置になった。ガソリン、油、灯油などのスペア缶、余分なガスのシリンダーは、密生している低木の茂みの中に入れておけば、結構な冷暗場所でいい。雨の到来に備えて、防水カバーをかけた。防水、アリ除け効果を施してある食料品ボックスは別の涼しい場所へしまい、冷蔵庫はブラックウッドの下に置いて、ビールとフルーツジュースを詰め込み、スイッチをいれた。

次に、テーブルと椅子（いす）を出した。ランプにマントルを被せて、シリンダーガスを注入し、とりあえず、都合よさそうなアカシアの木の枝に引っ掛けた。

この後、細流の水を調べた。かなり汚れているようだから、バケツと野営用湯沸しを二つ持ち、細流沿いに源泉を求めてとぼとぼと歩いていった。下草に潜んでいた蚊やヤブバエの大群が、いっせいに襲いかかるように出てきた。虫除け対策を万全にしておいてよかった。そのとき、害虫など気にせず、足をとめた。姿は見えないが、木の上でスズドリが鳴いている。やがて、次々とさえずりが重なり、小さな谷は鳥の歌声で満ちた。ティーン - ティーン - ティーン - ティン、カラザスが描写したとおりのさえずりだ。僕は身じろぎもせずに聞き耳をたてた。か細くて清らかにさえずる声そのままを、いつでも聞けるようにと、レコーダーを手にしてここに立つ彼の姿を想像した。

何はともあれ、彼は、一心に鳴き声に耳を傾けていたのだ。

さらに歩いていくと、ちょっとした空き地に出た。上方に、玄武岩の塊がほとんど垂直に突き出し、その岩棚や亀裂から、奇妙な角度で木や低木が生え出している。一条の水が岩を滑り、ポチャンと音をたてて小さな溜め池(いけ)に落ちた。この溜め池の背後にある洞窟(どうくつ)の中に、女性六人と子ども十四人が一昼夜、うずくまっていたのだ。女性たちは交代で、溜め池の水をバケツで汲(く)み出し、自分たちと子どもたちをくるんでいる毛布にかけた。彼らは全員生きて出てきた。

溜め池の水はおいしかったので、僕はバケツと湯沸しにたっぷり水を満たし、それほどこぼさずにキャンプに戻った。その後、二往復して、冷蔵庫に入りきらなかったフルーツジュースとビールを溜め池に運んだ。ビールとジュースを別々に一括りにして、水溜りに沈めた。こうして水に浸けておけば、冷蔵庫代わりになってよく冷えるだろう。

再び、キャンプに戻り、野外炉の周りのごみを取り払って、炉の床にポータブルストーブを設置した。火を入れ、お茶用に湯沸しを置いた。もう一つの湯沸しで、羊の舌(タン)の付け合わせにするポテトの缶詰を温めるつもりだ。冷蔵庫を覗(のぞ)くと、ビールはまだ冷えていなかったので、腰を下ろし、火災避難所で見つけた時計を取り出した。裏側に付いている泥をこすり落とすと、銘刻が見えてきた。不意に喉元(のどもと)にぐっとこみ上げるものがあり、過ぎ去った痛いほどの悲しみがまざまざと蘇った。裏にはこう記してあった——。

パットへ
ニューギニアへの旅立ちに
家族より愛をこめて
一九五八年四月一日

もちろん、この時計は知っていた。カラザスはとても自慢げにこの銘刻を僕に見せてくれたものだ。一分以上、その銘刻を見つめたまま、僕は気持ちのおもむくままに、パット・カラザスの思い出に浸っていた。大きくて強靭（きょうじん）な体にそばかすだらけの顔。にっこり笑うと、鷲鼻（わしばな）がますますくちばしみたいになった。朗らかな話し振り、人を感化してしまう情熱。すべて忌まわしい山火事で失われてしまった。

やめろ、ハミルトン、僕は自分を叱咤（しった）した。泣いているときじゃない。是が非でも明らかにしなければならない疑問がある。カラザスは学校で死んだ――ならば、どうして十三キロも離れた火災避難所に彼の時計があるのか？

待避壕（たいひごう）に隠れた三人のうちの誰かに時計を貸したのかもしれない。だが、そうはとても思えない。カラザスが大切にしていた時計をはずさなければならない状況が、僕には思い浮かばないのだ。だが、このことは、今すぐはっきりさせなくてもいいことなので、ハンカチに包み、持参のバッグにしまった。この時計をカラザスの家族に返すことができたら、喜んでもらえると思う。

ビールはまだぬるかった。羊の舌とポテトをたいらげ、湯沸しの湯でカップに二杯お茶を飲んで、皿を洗った。タバコに火をつけてから、小谷の涼しい空気から抜け出し、暑さの緩んだ遅い午後の大気の中に行こうと歩き出した。西側の急斜面の輪郭が、燃えるような黄金色を背景にくっきりと見える。断崖の下の方は陰気に暗く、長い影が渓谷を横断するように伸びている。

谷を出るとすぐ、目の前に学校の廃墟が広がった。あちこちに散らばっている屋根の波型鉄板、つぶれて倒れている水用タンク、わびしげな煙突、炭の山と灰で汚れた地面。カラザスは、ひどい学校だと書いていた。

学校の建物を初めて見たとき、正直言ってがっかりした。よく言っても、せいぜい、線のない貝殻といったところで、とっくに壊して、新しく立て替えるべき代物だ。だが、お役所というところは決して、そうは考えない。

僕が相手にしなければならない子どもたちについて言えば、かなり、知性に欠ける。視野の問題なのだが、彼らには視野というものが全くない。ある意味で、彼らは、イリアン境界線（ニューギニア島を東西に分ける境界線。東――パプア・ニューギニア、西――インドネシア。世界で最も未開の地といわれる）を越えた地域にいる種族と同じくらい原始的だ。だから、僕は、なるべく彼らが学校で文化的な体験ができるようにしている。目下のところは音楽、芸術、演劇に触れるようにさせている。自然科学も少し教えている。ちょっとした化学の教材セットを買ったら、彼らは夢中になっている。目を丸くしている彼らの様子を君に見せてあげたい。たとえば、戸外でリンが燃える様子は……。

クリンカーを通り過ぎてから、五歩進んだ。多くの記事によれば、カラザスの遺体はこの地点で発見されたのだ。かなり煽情的に報じた新聞記事の一つに商店主のサム・コーベットの話が載っている——。

「俺たちは北の待避壕から出てきた。俺とボブ・ミラー、サンディー・グラハム、パーシー・アンダースンだ。二十時間以上もあそこにいて、家族はどうしているか、ほかの奴はどうなったのか、頭の中は、本当にそればっかりだった」

「家はなくなっていた。店も、レギアのところの作業場も格納庫も——なにもかもなくなっていた。火薬小屋のあったところの地面には、たった一つ穴があいていただけ。煙しか立っていなかった。俺の家はなくなったし、サンディーのとこも、ボブのとこも、パーシーのとこも。ウィリアムズ一家もやられたんだが、ウィリアムズのかみさんのことは後になってわかった。道じゃなくて、低木の中をまっすぐ突っ走って小谷に向かったんだが、火に捕まってしまったのさ」

「それまで誰の形跡も見なかったんだが、学校に来て、パット・カラザス先生を見つけた。着てるものなんか全部焼けちゃって、骨もなにもかも真っ黒焦げになってた。先生のことをよく知らなかったら、誰かわからなかっただろう」

「サンディーが待避壕から持ってきていたグランドシートをかけてやった。それから、ビリー・チャドのところへ向かった。ビリーの家もなくなっていて、ビリーとヒルダを見つけた——逝ってしまった姿さ」

「それから、水溜り（みずたま）りの背後にあるでかい岩棚の下に行ったら、俺たちの女房子どもと、ほかに女の人が数人いた。全員生きていて、とても元気だった、まったくありがたいことだ……」

販売前に、誰もこの記事を検閲しなかったのは残念なことだ。カラザスの家族がこの記事を読んでいないことを願うばかりだが、これは数ヶ月後に行なわれた検死官の取り調べで、いわば確証となる事実だった。検死官はこの記事の人物、商店主のコーベットに尋問していた。

「問」ミスター・コーベット、あなたが見つけたのはミスター・カラザスの死体に間違いありませんね？

「答」絶対に間違いありません。たとえ、はっきりとわからなかったとしても、ベルトのバックルでカラザス先生だとわかった。銀メッキ製の大きなメダルみたいなやつで、中にワライカワセミが二羽彫ってあるんだ。それから、カフスもあった。どれもいつも見ていたものだから……。

時計のことは何も言及していない。

僕は歩き続けて、黒焦げになった橋の残り部分の間を流れるクリークを急いで渡り、学校から屋敷へ続く道を進んでいった。火事になる前は、この道沿いに、アカシアや花を付けたユーカリが立ち並び、木柵（もくさく）にはスイカズラやアサガオの花が咲き誇っていたのだろう。カラザスの写真の中に、ここの春を写したものが一枚あり、青、紅、黄金色や緑に彩られた曲がりくねった道が写っている。今は伸び放題の草があるだけだ。

二件の平屋の焼け跡にやってきた。通りをはさんだ二軒の左側はボブ・ミラー夫婦と四人の子どもたちの家で、もう一軒は、ウィリアムズ三兄弟と母親の家だ。カラザスは、ミセス・ウィリアムズと息子たちを種に、面白い手紙を書いてきた。

サリー・ウィリアムズはとても小柄なので、上背があって強靭（きょうじん）なジョージ、フランク、テッドの三兄弟の母親とはとても思えない。

彼女は頭がよく、辛辣で、いつも大忙し、そして、僕が見るかぎり、幸せだ。おそらく、ペラディン渓谷でもっとも幸せな人間といってもいいだろう。昔はずいぶん苦労した彼女だから、それは素晴らしいことだ。

彼女の夫トム・ウィリアムズは落馬して死んだ。僕が渓谷に来る前のことだ。シェルトンの馬の調教師だった彼は、ある日、種馬に振り落とされ、頭を割ったのだ。シェルトンは、自分の家だと思って好きなだけいてもかまわないと彼女に告げ、ずっと住まわせていた。なんといっても、三人の息子を育てなければならず、さぞや、大変だったにちがいない。僕が任に着くとっくの昔に、三人が学校を辞めていたのは何よりだ。

話によると、ミセス・ウィリアムズは、彼女ならではのやり方で息子たちをあしらったらしい。たとえば、自分の都合で息子たちを呼びつける場合、噂ではショットガンを使ったといわれ、合図はこうだ——。

バン　息子たち、すぐに帰って来い
バン、バン　帰って来い、この悪がきども、さもないとひっ捕まえに行くぞ
バン、バン、バン、バン　一分で家に戻らなけりゃ、生皮はぐぞ

バン、バン、バン、バン　銃に硝石つめて、探しにいくぞ

これは、ジョージ、フランク、テッドが自分たちでつくったほら話のような気がする。面白い話を台無しにするのは惜しいから、調べたことはないが、いかにもサリーらしい辛辣でユーモアあふれる話だ。ここで、彼女が命名したあだ名を教えてあげよう。ヒルダ・チャドは黄色い声の聖人。ミュリエル・レギアはふりふりパンツの女神、ウォレス・シェルトンは雷鳴の地主……きっと彼女は、僕にもあだ名をつけているだろうが、調べないことにしている……。

息子たちは彼女に愛情を捧げている——彼らなりのやり方だが。三人はときどき、母を肩に担ぎあげ、下ろせとわめく彼女にかまわず、庭を駆け回る。

僕も彼女が大好きだ。彼女は大抵の時間はウォレスの家屋敷にいて、家政婦の仕事をしている。たぶん、そうやって、雷鳴の地主に感謝の意を現わしているのかもしれない。僕にはわからない。僕が学校に行ってから帰ってくるまでに、僕の汚れ物を集め、きれいに洗濯しておいてくれるのは彼女だということは知っている。僕は何も言わないでいる。何か言えば、彼女はやらなくなるだろうし、礼も拒むだろう。君がここに来れば、サリー・ウィリアムズに会える。きっと彼女を好きになるはずだ。そして、彼女は必ず、

君のものも洗濯すると言い張るだろう……。

僕はさらに焼け跡を見て回った。ここには三軒の平屋が並んで建っていた。一軒目はパーシー・アンダースン夫妻と四人の娘、二軒目はサンディー・グラハム夫妻と息子と娘二人、三軒目はサム・コーベットと妻のエミリー、娘のティナと甥のローリーだ。前に述べたように、コーベットは大牧場の商店主で、グラハムは気取りのない働き者の牧夫だった。パーシー・アンダースンも同じだったが、見事な馬の乗り手で、故トム・ウィリアムズの馬の調教を引き継いでいた。全員火事を免れたのだが、ローリー・コーベットについていえば、気の毒なことになったが、なにやらいわくがありそうだ。シェルトンの下で、牧夫として働いていた彼は、カラザスが言うには根性の腐った野郎だった。トリスト社の報告によると、彼は火事の後メルボルンに行ったが、三ヵ月後、犯罪がらみの不可解な喧嘩で絞殺された。犯人はまだ見つかっていない。

道は屋敷の敷地の裏口で終わっていた。門があったところに、いまだにコンクリートの柱が二本立っている。右手の向こうに目がいった。雑草がはびこっている穴。火薬小屋の痕はあれだけなのだ。柱の間を通って、板石を敷いた車寄せをかたかたと音をたてて進んでいくと、残骸が巨大な山をつくっている場所に出た。

ここは敷地の中でも、先代のシェルトンが植えたユーカリやカシ、ブナ、ニレの木陰があって、気持ちのいいところだった。火事ですっかり焼けてしまったが、生い茂る草の陰に、焼け残って朽ちた株が見えた。

僕は自分のいる場所を確認しようと足をとめた。そういえば、左手の門のそばにあるのはレギアの家だと気がついた。平屋と比べれば、いくぶん気取った家だ。渓谷では、レギアは重要人物だったのだ。レギアの家の隣は、サム・コーベットが経営していた牧場の店だ。田舎でよく見かけるような店で、ピン、針、木綿から鉄梃（かなてこ）、柵用（さくよう）ワイヤのロールまで、何でも取り揃（そろ）えてあるとカラザスは書いていた。店の裏へ廻るとテニスコートがあった。高い金網の壁は倒れ、アスファルトは割れて、裂け目から雑草が生えているが、コートは、これまで見てきたものの中で一番損傷を蒙（こうむ）っていなかった。

反対方向に、作業場やガレージ、ヘリコプターの格納庫など、ボブ・ミラーの持ち場があった。彼はウォレス・シェルトンのパイロットで、乗り物全般を一手に引き受けて指揮をとっていたエンジニアだ。牛舎や馬の放飼場、牛の放牧地、十頭の乳牛がいた搾乳場は、作業場からさらに九十メートル奥にあった。

毎日の朝夕に、子どもたちは家で飲む牛乳を取りに来た。欲しいだけ持って行ったが、シェルトンは代金を請求しなかった。乳搾りは使用人たちの家族が順番にやっていた……。

北の方を振り返って、小さな低い丘を眺めると、カラザスが、渓谷の中で最適な火災避難所と言っていた、スイミングプールの跡が見えた。ウォレス・シェルトンは、使用人たちに、できるかぎり多くの娯楽施設を提供してやったらしい。上の方に給水塔もある。屋敷や平屋やそのほかの建物に、配水管で水が送られていたのだ。ローリー・コーベットがいたり、辺鄙(へんぴ)で遮断された場所であることを斟酌(しんしゃく)すれば、火事になる以前のここの生活は、まんざらでもなかったにちがいない。

さらに行き、屋敷の中庭だった部分に入っていった。まるでロンドンの大火災に思いを巡らせるニュージーランド人のような気分で、膨大な量の瓦礫(がれき)を眺めた。落ちた石材や割れたスレート、黒くなってがらくたと化した金属、ねじ曲がった配水管に溶けて形がつぶれている鉛、それに、部屋という部屋に暖炉があった時代の名残で、多数のひょろ長い煙突。

僕はカラザスの写真をとおして、かつてあったこの屋敷の外観を知っていた――かなり横長の長方形の白い石造りの建物で、周りはヴィクトリア式の細い柱で支えられた広いヴェランダになっていた。中庭もヴェランダに囲まれていた。写真では、あくせくせずに、心からくつろげる場所のように見えた。正面の庭園は美しかったにちがいない。砂利を敷いた車道に一面の芝生。一群のツツジやアザレアに、庭園を縁取って並ぶアジサイの木。三世代に及んだ優雅な暮らしは火災で終わりを遂げた――少なくとも、外観上の象徴は。
ため息をつきながら、大広間だったと思われるところに這(は)いのぼり、さっそく右手にある破壊の跡を調べにかかろうとして、はたと思い当たった。ここは、ウォレス・シェルトンの書斎だったところだ。二千冊以上の書物と数え切れないほどの書類や記録が、屋敷の火事の炎と消えてしまった。

……ウォレスは書斎を自由に出入りさせてくれた。ただし、本は書斎で読んで持ち出さないという条件だ。この条件は、ハリエットにもアダム・クイントリーにも、読書好きなら誰に対しても同じだ。
理由ははっきりしている。ほとんどの本は貴重なもので、中には、値がつけられないほどのものもあるのだ。一八八〇年代、夥(おびただ)しい数の本がオックスフォードの指導教官だったウォレスの祖父とともに渡ってきた。そして、それが奇妙な話で……。

カラザスは以上のように書いていた。僕はその手紙を相当の回数を読んでいたので、今も、その一字一句を思い出すことができる。残骸(ざんがい)の中を用心しながら行くと、大きな御影石の板が重なり合うように、階段の内側に倒れこんでいるところに出くわした。それらは全部、凝った装飾を施した手すり付きの正面階段の残りだった。僕は、一枚の板に腰を下ろし、タバコに火をつけた。太陽は、空高くまぶしい輝きを残して、西の岩壁に沈んでしまった。黄色味を帯びたうすい雲が細く渦巻いているのがはっきり見える。渓谷は薄茶色を帯びていた。僕は、最初にやってきたシェルトンが、一日の涼をとりながらここに座り、自分の富について沈思する姿を想像した。

祖父の名はアーノルド・シェルトン。有名な歴史学者で、書斎の棚の一段には、革表紙に金の縁取りがついた彼の著作がずらりと並んでいる。僕は一度、思い切ってウォレスに聞いたことがある。オックスフォードの塔の中で、いにしえを思い描いた人物が、突然すべてを投げ出し、なぜオーストラリアの奥地に引きこもらなければならなかったのかと。

「シェルトン家の狂気」とウォレスは答えた。彼の声は、サリー・ウィリアムズが雷鳴の地主と名づけたとおり、太くて、空気が震えるようだった。

シェルトン家の狂気とはどういうものとは、さすがに僕は聞けなかった。だが、アーノルドは、実際には、すべて放り出しはしなかった。オーストラリアの大学ならどこの教授にでもなれたのだが、人里離れたところで暮らしたかった彼は、妻とまだ赤児の息子とともに、本が詰まった夥しい数の箱を荷馬に積んで、ここにやってきた。しばらくは、テント暮らしだったが、しだいに家らしい格好を呈してきた。大方はアーノルドが自分で働いて作りあげ、その後、各代のシェルトンが建て増していった。

彼は決してイギリスに戻らなかったが、彼の息子ユースタスは二度イギリスに行った。最初は、ユースタス二十歳のときで、オックスフォードで三年間歴史を学んだ。二度目は四十歳で、結婚相手を見つけるためにイギリスへ帰った。

彼は妻を連れてここに戻り、ウォレスが生まれた。子どもは彼だけだった。ウォレスが二十歳になると、彼もまた、歴史を学ぶためオックスフォードへ行き、同じく後年、結婚相手を見つけるためにイギリスに戻っている。しかし、ここで、シェルトンの鎖の輪がねじれた。というのは、生まれた子の名はヘンリーではなく、ハリエットになったのだ。僕は、これは希望どおりだったのではないかという気がしている。

だが、シェルトン家の狂気とはなんだろう？　古い本に目を通していたら、割合近年のシェルトンの家系図を見つけた。

スチュアート、君は奇異なものが好きだろ。まさに君向けのものだ。アーノルドはシェルトンと結婚し、ユースタスもシェルトンと、ウォレスもシェルトンと結婚している。

各新郎新婦の血のつながりがどれくらい濃いのか、家系図からは読みとれないし、もちろん、僕は調べなかった。しかし、この近親結婚のせいで、親族であることを隠せないほど一族はよく似ている。長身でほっそりとした体格、やせこけた顔、長い黒いまつげに縁取られた灰色の瞳（ひとみ）、内向的な表情、感情が迸（ほとばし）っていると思うと沈鬱（ちんうつ）に陥る情緒不安定。僕は今、書斎にある肖像画から、遠い過去に生きたシェルトン一族の人たちを想像している。

　だが、この先ハリエットの行く末はどうなるのだろう？　彼女は、今十七歳。二十歳を迎えたら、サマーヴィル（オックスフォードの女子大）に行き、歴史を学ぶのだろうか？　やっぱり二度目のイギリス行きで、シェルトン一族のものと結婚して戻ってくるのだろうか？

火事で、その疑問は消えた。なぜなら、現在二十四歳のハリエット・シェルトンは、メルボルンのトゥーラクという高尚な地域に暮らし、アダム・クイントリーと婚約しているからだ。僕はタバコをもみ消し、シェルトン一族に関するカラザスの手紙の一文を考え続けた。

　ウォレスとハリエットの住まいは、屋敷の袖（そで）にあり、ホールの東側に位置している。二人はかなり頻繁にその部屋に引きこもる。それは、そっとしておいて欲しいという意味なのだ。アダム・クイントリーやソール・レギアですら中に入らなかった。シェルトンが客をもてなす際に家政婦として振舞うソールの妻ミュリエルも、ウォレスかハリエット、あるいは二人ともども、いわゆる公邸にいるときは、決して入っていかないのだ。

だが、夜遅くに書斎で本を読んでいたとき、二人が何をして過ごしているのか、なんとなく窺(うかが)えたことが何度かあった。書斎と、僕が密かに公爵の特別室と名づけている住まいは、数枚のドアで仕切られている。ドアが開けっ放しになっていれば、通路伝いに声がはっきりと聞こえてくる。以前に、話し声や歌、笑い声が聞こえたことがある。

ある夜、空気を震わせるような声で、ウォレスが古代ギリシャの詩を朗詠しているのが聞こえた。僕には、それがギリシャ語であることしかわからなかった。彼の声が止むと、同じ引用——だと思うが——を繰り返すハリエットの声が続いた。ウォレスが口を挟んで矯正し、何度も繰り返し唱えさせていた。きっと、サマーヴィルに行かせるため、彼女を指導しているのだろう。それはかなり見事なパフォーマンスだった。

だが、まったくいただけないパフォーマンスもあった。突然口喧嘩(くちげんか)が始まったのだ。スチュアート、僕は大急ぎで、そっと書斎を抜け出した。そんな話を聞けば、二人と顔を合わせたとき、気まずい思いをするだろう。おかげさまで、そんな思いをせずにすんだ。ひどいわめき声しか聞こえなかった……。

パット・カラザスは純真だ。他人の短所や弱点に、気まずさを感じてしまうのだ。

西方の空はどんよりとして、渓谷は穏やかな黄昏に包まれていた。僕は腰を下ろし、火で焼き尽くされる前の大牧場が、今と同じような黄昏に包まれている光景を思い描いた。通りで遊び騒ぐ子どもたち、書斎で本を読んだり、店でコーベットとおしゃべりをしたり、思うように動かない機械を相手に、ボブ・ミラーと作業場で仕事をしているカラザス。部屋に引きこもり、娘とギリシャ語を朗誦するウォレス・シェルトン。裏門のそばに建つ家で、ほとんど人と親交を持たないレギア一家。自宅前の庭で、母親をかついで跳ね回るウィリアムズ兄弟。薄暗闇で人目を盗んで、何か悪いことをたくらむローリー・コーベット。

不意に、暑さのさめやらぬ夕暮れの中で、唸るような声を聞いた気がした。

……パーシー・アンダースンはとても物静かな男で、めったにしゃべらない。小柄で、ごわごわの黒い髪をしている。牛のことならソール・レギアに劣らずよく知っているし、あれほど上手に馬を調教する人物は見たことがない。彼は良き夫、良き父で、妻と四人の娘たちを大事にしている。

だが、ときどきウィスキーボトルを買うと、静かどころではなくなってしまう。二、三杯ぐいっと空けると勢いがつき、六角形のアコーディオンに似たコンサーティーナを持ち出して丘のてっぺんで賛美歌を歌いだす……。

ある夜、彼は驚くべきパフォーマンスをやった。聖書の話を巧みに織り交ぜて説教をしたのだ。僕は闇の中に立ったまま、耳を傾けた。一時間くらいそうしていただろうか、突然彼の妻の声がした。

「わかったわ、パーシー、もうたくさん。たくさんだって言ったのよ、パーシー」

彼は黙り込んでしまったが、やがて言った。「君はよくわかってくれると思ったよ、マール。君ほどわかる奴なんかいないさ」そう言うと、彼は家に帰っていった。

中に戻ろうと振り向いたら、ウォレス・シェルトンがそばにいた。彼には突然現われるという、特異な才能があった。

「カラザス、あれをどう思う？」彼は訊ねた。

彼が言っているのは、説教のことなのか、マールに対して答えたパーシーの様子なのかはわからなかったが、僕は言った。「とても面白かった」

「面白かった？　私には啓示的な話のように思える。あれは」――スチュアート、シェルトンの地響きするような声を聞かせたかった――「あれは、宇宙は広く、永遠の時があり、地球上のどこにいてもいいのに、なぜ今日ここにいるのか、なぜ、地球のこんな片隅にいるのかと悩んでいる、暗愚で哀れな人間なのだ。そして、なぜ、自分はひたすら、ぬるぬると動き回っているのだろうと悩んでいる。カラザス、人間というものは誰でもそういうものなのだ」

そう言って、彼は、まるで呆(ほう)けたように、てくてくと歩き去っていった……。

僕は身震いを覚えて、ビリー・チャドの小谷のキャンプに戻った。ランプを灯して、日記帳を取り出すと、自分の体と周囲に虫除けスプレーを吹き付けてから、一時間ほど書きものをした。歩き回って観察するに従い、ペラディン渓谷が再び動き始めてきたような気がした。僕は全員を見た――パット・カラザス、シェルトン一族、レギアにコーベット、ウィリアムズの一家、パーシー・アンダースン、ボブ・ミラー、女性や子どもたち、命に蜘蛛(くも)の巣をかけられたように火に巻かれていったすべての生き物たち。

たぶん、彼らは活発すぎるほど生き生きと動き出したのだろう。寝床について蚊帳(かや)を整えても、僕は眠れなかった。月は高く昇り、谷はぼやけた白黒の世界だった。一瞬、ぎくりとした。木立の中を素早く走るフクロギツネの足音や、道に迷ったのか、黄褐色のガマグチヨタカのうめきが耳に付いたのだ。おかしな話だが、僕が寝ている場所から数歩のところで死んだビリーとヒルダのチャド夫婦が、いまだにこの地にとり憑(つ)いているような気がした。

ばかげた空想が頭から離れずにいると、不意に、イリアンの辺境の原住民の中でぐっすり眠っていた哀れな男が目に浮かび、恐怖に駆られて体が硬直し、起き上がった。すぐそばで、誰かの、何かの唸り声がした。恐怖でぴりぴりしている僕の耳には、喉を掻っ切られた男の最後のあえぎ声に聞こえた。

懐中電灯をつかんで周囲を照らし出すと、子どもを背負った母親のコアラが、木に登ろうとしていた。憤りのこもった緑の目に灯りが反射してきらりと光った。コアラは唸りながら姿を消した。

僕は頭をふりながら声を立てて笑い、横になって眠りについた。

3

翌朝、二月七日、火事で死んだ人々の六回目の命日まで、残るはあと一日のみ。僕は夜が明けるかなり前に活動を開始した。今日中に、火災避難所の調査を終わらせたいと考えたからだ。朝食をして雑用をすばやく済ませ、車で出発したときも、陽はまだ昇っていなかった。空気は心地よく、崖（がけ）の上でワライカワセミが鳴いていたが、薄暗い渓谷は活気がなく、今日もまた一日、暑くなりそうな気配を孕（はら）んでいた。

僕は学校のグランド沿いの道を通って、枝道の細い道を抜け、中心をなす道を百八十メートルほど行った。そこから、火災の前にクリークに架けられた二つ目の橋を渡り、真っ黒くなって欠けた二本の石柱に向かって、短い坂を上っていった。坂の上で、屋敷の本門だった錬鉄板が回転していた。

石柱を迂回（うかい）して、きれいに境界が整備された道を二百七十メートルほど進んだ。ジープを降りて、低木や草が狭く、濃く繁っている方へ歩いて行った。まもなく、盛り土してある場所を一箇所見つけると、そこから一列に並んだ四箇所の盛り土を見つけた。その一つに、割れた大理石板が建っていて、ＨＥＬＴＯと刻まれている。すぐそばには、一様に錆びついた鉄の棒が何本も、墓を囲うように配置されていた。

低木の中を探すと、さらに鉄棒と破損した大理石が出てきた。ここはシェルトン家の墓地で、五人が眠っていた。アーノルドと妻エリザベス、ユースタスと妻ホーテンス、それにウォレスの妻ヘレン。この光景を前にして、深く考え込んでいるうちに、陽は昇り、その赤い光のせいで、墓地は尚一層荒涼として見えた。ハリエット・シェルトンとアダム・クイントリーは、それなりの理由があってペラディン渓谷を打ち捨てたままにしているのかもしれないが、シェルトン一族に敬意を表して、この永眠の地を修復すればよいものを。

カラザスは書いていた――。

シェルトン一族の墓地は、よく幽霊がでるが、美しい場所だ。芝生、白い大理石、イングリッシュローズ、縁を飾るスミレの花に、分会堂として使用するこじんまりとした美しい建物。ウォレス・シェルトンは平静を乱すような宗教を信じると明言している。彼はここで過ごすことが多く、僕も、時々、同行させてもらうのだが、あまり彼のことには立ち入らない……。

ジープに戻り、出発した。僕の背中を追いかけてくる太陽は、徐々に熱くなっていった。道はすっかりなくなっていたので、なんとか、北の避難所を目指して進んでいった。困難はなかったが、渓谷と放牧地を隔てていたフェンスの残骸（ざんがい）と思われる、ねじれた大きな鉄条網にうっかり乗り上げてしまったときだけは大変だった。崖（がけ）まであと四百メートルの地点で車を停め、双眼鏡で壁に目を凝らした。洞窟（どうくつ）の入口ははっきり確認できた。

ジープを洞窟の下方に停めて、入口によじ登り、懐中電灯で暗闇（くらやみ）を確かめつつ中に入った。東の避難所と同様に丸太で天井を支えてあるが、煙よけの幕とどん詰まりの洞穴はない。そんな整備は必要ないのだ。煙は北風に吹き払われて、北の岩壁の中にあるトンネルには入って来ないからだ。

腐食した水樽（みずだる）とタバコの空き缶はあるが、東の待避壕（たいひごう）のように食料の貯蔵はなかった。僕は長くはとどまらなかった。入口に戻ると、日陰のほうに腰を下ろし、火事に関する証言の食い違いについてじっくり考えた。あっと、気がついた。僕が今座っている真下にとんでもない矛盾点があったのだ。サム・コーベットの話はこうだ。

「俺たちは北の待避壕から出てきた。俺とボブ・ミラー、サンディー・グラハム、パーシー・アンダースンだ。二十時間以上もあそこにいたんだが、本当、頭の中はずっと、家族はどうしているか、ほかの奴はどうなったのかでいっぱいだった……」

だが、違う話がある。サムの妻エミリーの話だ。

「あの朝はひどく暑く、北風のせいで、山間部の火事の煙が渓谷に大量に入り込んできました。でも、ミスター・シェルトンは、それほど危険じゃないと思ったんです。山間部の火事は北風が出る前に始まっていたけれど、いつもは渓谷に火が入ってこないんです。火事は二股にわかれて、渓谷を挟むようにして通過していくらしいんです」

「それに、あの朝、ミスター・シェルトン、ミスター・レギアとボブ・ミラーがヘリコプターで火事の様子を視察に行って、火が渓谷の頂上に迫るまで、まだ十時間か十二時間はあると考えました」

「十時十五分前くらいに、ミセス・レギアから使いが来て、屋敷に行くように言われました。主人がミスター・シェルトンとミスター・レギアと話があって屋敷に行っていたから、あたしは店番をしていたんです」

「ミセス・レギアは言いました。ミスター・シェルトンは警戒策を講じることにしたので、火の手が回ってきた場合に備えて、あたしの夫のサムと甥っ子のローリー、ほかに男の人何人かを北の壁に向かわせたって。牧場の、十三キロリットルの水を積める大きな消防車に乗って行きました。叩くものとか、バックパック式の噴霧器を背負って」

「ミセス・レギアはこう言ってました、ミスター・シェルトンとミスター・レギアは、ビリー・チャドの谷へ家畜を駆り集めるために、男の人たちをつれて、もう渓谷に出て行ったって……」


これに関して、ミセス・コーベットの甥で、典型的なワルのローリーは矛盾したことを言って、根拠のない主張をしている。彼は消防隊と一緒に行かなかった。火事の間、西の待避所にいたというのだ。

だが、この食い違いは、今こうして目の前にはっきり見える矛盾ほど、大きなものではない。サム・コーベット、ボブ・ミラー、サンディー・グラハム、パーシー・アンダースンの四人は、九時三十分頃、消防車で出発し、北の壁に辿り着いて、避難所に逃げ込むことができた。それならば、消防車はどこにあるのだ？

僕は双眼鏡をとりにジープまで降り、もう一度登った。だが、今度は、洞窟には入らずに断崖の頂上まで登った。双眼鏡を目にあてがい、綿密に前景を観察していった。もし、消防車が待避壕から五百メートル以内に乗り捨てられていたのなら、必ず見分けられるはずだ。だが、双眼鏡では、密生している黄色い草と、それを踏みつけたジープの跡しか見えない。ジープの跡を見たら、こうも考えられた。四人の男は、北の待避壕に辿り着いた。ということは、あの朝、彼らは一直線にここまで来たのだ。今日、僕は墓地を調べるために西の方をまわって来た。

僕はジープに戻ると、屋敷跡に向かって、まっすぐ草地を突っ切っていった。起伏のある地面に車体を躍らせながらびゅんびゅん飛ばし、鉄条網を蹴散らすように前進した。やがて、消防車の残留物に遭遇した。火災避難所と屋敷の真ん中、双方から一キロ半くらいのところだろうか。いったい、あの火事の日の実態はどうだったのだ？　四人の男たちは、消防車を故意にここで乗り捨て、避難所に向かったのだろうか？　果たして避難所に行ったのだろうか？　火事の間、本当はどこにいたのだろう？

彼らは話を作り上げて、検死審問で証言したのだ。

「俺、ボブ・ミラー、サンディー・グラハム、パーシー・アンダースンは北の待避壕から出て来た」とはサム・コーベットの証言。

ボブ・ミラーの検死審問での証言は、「避難所の中に二十時間過ごした後、自分らの女房子どもを捜しに来たんだ……」

サンディー・グラハムは記者に語っている。「待避壕の中はひどかった。ほかの人たちの安否を一刻も早く知りたくて仕方がなかったが、結局は二十時間以上も待つはめになった……」

「火に追われて、待避壕に逃げこんだ」と、パーシー・アンダースン。「そこからいつ出られるか、今か今かと待っていた……」

シェルトンの命令を受けて北の壁に向かってから、急いで避難所に逃げ込むまでの間、どういうことがあったのか、四人ともまったく語っていない。

北部特別地区で休暇を待つ間、僕はこれらの証言を何度も繰り返し読んだが、口を閉ざしてごまかしている部分には、気がつかなかった。現場に来て、現物を自分の目で見てはじめて見えてくるものがあるのだ。少なくとも、だんまり戦術は効を奏していたのだ。

そうなると、さらに疑問が湧いてきた。シェルトン、レギア、ミラーは、ヘリコプターで火事を視察に行った。そのあと、警戒策を講じることにしたのに、なぜ、ヘリを破壊されるままにしておいたのだろうか？

僕は、また、カラザスの手紙を取り出した。

ボブ・ミラーは多才な男だ。パイロットとして、辺境を飛行したり、農薬散布やスタント飛行をやっていた。民間航空会社のパイロットだったとき、ヘリコプター操縦士として一年間南極圏へ行っていたこともある。

自動車整備の腕も素晴らしかった。エンジンを修理してもらった僕のおんぼろ車は、今、快調に走っている。余談だが、その修理には一銭もかからなかった。払おうとしても、一切受け取らない……。

ボブの妻ベティは、美しいブルネットのチャーミングな女性で、四人の子どもたちは学校の優等生だ。僕はボブに言ったことがある。子どもたちのために、ペラディン渓谷を出て行ったほうがいいと。ここでは、ちゃんとした教育を受けるチャンスがないので、彼らの将来がなくなってしまう……。

カメラを取り出し、消防車の写真を四、五枚写した。背景で判別がつくように、一枚ずつ角度を変えた。もう、すっかり陽は昇り、渓谷はオーブンの中のような暑さで、息もつけなかった。ここでは、もうこれ以上何もできない。僕はジープに乗り込むと、三箇所目の待避（たいひ）壕（ごう）を探しに、南西方面に向かって出発した。

その場所は、ほかのところより難なく見つかった。だが、今度もまた、かなりの距離に渡って焦げた鉄条網が草に隠れていたから、うまく乗り越えて行かなければならなかった。懐中電灯をかまえて洞窟（どうくつ）に入っていくと、東の避難所とまったくつくりは同じだった。がっしりとした支柱に煙よけの黄麻布の幕、細い通路の果てにある洞穴。ここにも木製の椅子（いす）があり、水樽（みずだる）と缶詰の箱詰めがあった。缶詰は、東の待避壕にあったのと同じ状態で膨らんでいた。

火事の間、この避難所を使った人物が一人だけいた。ローリー・コーベットだ。サムの甥（おい）っ子で、メルボルンの暗い通りで絞殺された奴だ。

ローリー・コーベットはいやな奴だった。普段は知人の欠点に目を尖らせることを好まないカラザスでも、ローリー・コーベットとなると容赦がなかった。

世の中で危険な奴というのは、悪魔の心を天使のような顔で隠しているものだ。だが、ローリー・コーベットは悪魔のような心を隠そうともしない。

彼は体がでかくて、屈強だ。その気になれば、いい馬の世話係とか働き手になれるだろう。だが、ずるいし、根っからの嘘つきでペテン師だ。顔を見れば、それは一目瞭然だ。人と話をしながらも、小さな青灰色の目をたえずきょろきょろさせていて、腹の中で、どうやって相手を騙そうかと算段しているのが手に取るようにわかる。

それがあまりに丸見えだから、彼がそんなに嫌な奴でなかったら、笑い出したくなる。あいつはどうして懲りないのだろう。汚い手口を使おうとするたびに、ばれて痛い目にあうのに、それでも身に沁みるということがない。

この間の夜、ジョージ・ウィリアムズが、ちょっと面白いものを見たくないかと言ってきた。どんなことかと訊ねたら、最近母親が困っていることがあって、その問題を彼とフランクとテッドで解決するのだという。詳しい話など捨てておいて、僕はウィリアムズ兄弟と一緒に、彼らの庭に身を潜めていた。家の中から合図のめざまし時計のベルが聞こえるや、藪から飛び出し、ミセス・ウィリアムズの寝室の窓の下に隠れているローリー・コーベットを捕まえた。

どうやら、この二晩、彼は覗き見をしていたらしい。ジョージとフランクとテッドは、誰が仕置きをくらわせるか、コインを投げて決めた。テッドが勝った。テッドが彼をボコボコにしている間、ジョージとフランクと僕は、ローリーが隙を突いて逃げ出さないようにそばで見張っていた。あの手この手で時間をかけて痛めつけた。ローリーはどんな仕打ちを受けても自業自得なのだが、ついに僕は止めに入らなければならなかった。それでも、奴はまた同じことをするに決まっている。懲りない奴なのだ。ここ三ヶ月の間に、何十回も痛めつけられているのに、それでもなお悶着（もんちゃく）を起こす。

僕はウォレス・シェルトンに、一体どうしてローリーを渓谷から追放しないのか訊ねた。たぶん、ウォレスは、まっとうな人間であるサムとエミリー・コーベットのことをおもんばかっているのだろうと僕は思っていた。しかし、ウォレスの話を聞く限り、全く、そうではなかった。彼は問い返した。なぜ、ローリーをまともな世界のものさしではかろうとするのかと。渓谷の人間は、彼の取り扱い方を知っている。それに、彼はこの渓谷の手ごろなはけ口だ。なんだか気分がむかむかしたり、女房と激しい口論をしたり、隣人と仲たがいしたら、ローリー・コーベットを殴りつけに行く。もし、彼が腹黒いことを企んでいないのなら、頑張ればいいだけだ。ウォレスは例の地響きがするような声でいうのだ。ローリーは、ペラディン渓谷の内輪の揉（も）め事（ごと）を封じてくれる。隔離された共同体なら、ローリーのようなスケープゴートが必ずいるものだ……。

後になって、僕自身があんな奴を相手にしなければならなかった……。

住民の鼻つまみ者が、二十四時間一人でこの洞窟の中にいた。彼は忌み嫌われていたから、一人でいたのだろう。火事の危険を察知するや、他人のことなど打ち捨てて、一番近くにある避難所に逃げ込んだとも考えられる。ジョージやフランクやテッドのように、ボスの牛を救わんがために死んだのではなく、自分のために行動したのだ。自分さえ助かればいいというずるい根性丸出しだ。

何気なく懐中電灯を天井に向けると、ローリーが一時ここにいたという印を見つけた。ろうそくの煤が付着した壁に大きく描かれた彼のイニシャルR・Cの文字。渓谷が滅びようとしているときに、いじけた人間はこんなことしか考えられないのだ！

僕はジープに戻った。計画では、この待避壕を調べ終えたら、渓谷の南の端に行って、牛の骨を調べてみるつもりだった。だが、あまりに暑くて、無性に冷たいビールが飲みたくなり、キャンプに車を向けた。道中、大きなハンマーで殴られたようにガーンと、火事についての解釈が閃いた。

蛇蝎のごとく皆に嫌われ、さんざん殴られて除け者にされていた男が、復讐のチャンスをつかんだと考えてみたらどうだろう。以前にも山火事があったが、いつも渓谷の手前で二手に分かれて通り過ぎていった。しかし、今回は、気付いたときには、渓谷の中は火の海と化していた。ローリーの役目は、他の男たちとともに、馬で南に牛を駆り集めることだった。

煙の中で、誰にも気付かれずにこっそり一団から離れるのは容易だったはずだ。全速力で北西の端まで馬を走らせて火を放ち、そこから西壁沿いに南に馬を走らせながら、数箇所で草に火を放って、最後に西の避難所に逃げ込んだのだ。

だが、それはないだろうとも思う。その解釈では、消防車に乗った四人の男が、北の待避壕に避難せざるを得なかったと証言している理由、待避壕から一キロ半のところで消防車が燃えている理由、火事の後、渓谷が打ち捨てられている理由、そして、僕が思い付いた、口を閉ざすという陰謀の理由がわからない。

もし、ローリー・コーベットが何の罪もない九人の死を招いたのなら、なぜ、ペラディン渓谷の人々は結集してローリーを法から守ろうとしていたのだろう。こういう環境にあって、ほかに住民が守ろうとした人がいたのだろうか？　九人の命、三千頭の牛、楽しかった生活の壊滅的な終焉とそれに続く耐え難い記憶と意識の苦しみ、それは口を閉ざすにはあまりに高すぎる代償だ。

キャンプに到着してジープを駐車すると、僕は冷蔵庫を調べた。ビールは素晴らしく冷えていた。ほとんど一気に一缶を飲み干した。二缶目を少しゆっくり飲み終えてから、今飲んだビールを補充しようと、溜め池に取りに行った。

岩の淵に膝をつき、茶色がかったきれいな水の中に見える銀色の缶の頭を、腕を伸ばして釣り上げた。昨日の午後、フルーツジュースとビールを三ダースずつ、それぞれ六缶を六列に分けて、溜め池に沈めておいた。以後、触っていない。飲んだビールは冷蔵庫にあったものだ。

それなのに、ビール一缶が、置いたままの位置にはなかった。以前に置いた缶の底のカーブの跡が沈泥に、ちょうど薄い三日月のように残っているので見分けがついた。

4

カラザスはこう書いてきたことがある——。

ビリー・チャドの小谷の上にある溜め池は、とても素晴らしい。断崖の上方の傾斜地から湧き水が注ぎ込み、渓谷を蛇行して流れるクリークの水源になっている。冬には、水が滝になって岩に流れ落ち、溜め池は泡をたてて溢れかえり、クリークは水嵩たっぷりに流れていく。夏になると、クリークは干上がり、水源が痩せて流れが細くなるにもかかわらず、溜め池はいつも水を湛えている。

暑い時節、溜め池は鳥や動物たちの憩いの場所だが、僕が素晴らしいと思うのは、それだけが理由ではない。僕を包みこむような雰囲気……。

スチュアート、一緒に特別区にいたときのことを思い出すのだが、君は時々、奇妙な感覚のことを話していただろう。ジャングルにいると、誰かが姿を潜めて、君をじっと見ているような気がすると。とりわけ、フライ川上流での仕事のときはそうだった……。

フライ川での出来事は、鮮明に覚えている。だが、カラザスは相当にロマンチックな趣を添えている。思うに、地球の未開の地で、一人で仕事をする人間は、ひそかに誰かに見られているのではないかという警戒本能が研ぎ澄まされるのではないだろうか。おそらく、ジャングル一帯を覆う静寂が、そうさせるのだろう。あたかも、近くでなりを潜めているものを恐れるかのように、鳥はさえずりをやめ、動物はぴたりと静止し、樹皮の下に隠れている昆虫は、かさこそと音を立てるのを控える。だが、フライ川の騒ぎでは、ぽきっと小枝が折れる音がしたと思うや、藪から矢が飛んできた。僕は横っ飛びして、間一髪のところで矢を避けることができた。

ビリー・チャドの小谷の溜め池にかがみこんでいると、気味の悪い静けさは感じない。スズドリのさえずり、小さな滝がたてるやわらいだ音、コアラの不機嫌そうな唸り声。溜め池をじっと見つめていると、今の自分と同じように膝をついている男の像が浮かんだ。ビールの誘惑に勝てずに缶をつかんではみたが、きっと僕に気付かれると思い、もとの位置そのままにではないが、戻したのだ。

僕はまず、警戒した。それが、捕まえてやるというぞくぞくするような興奮に取って代わり、今すぐ、小谷に侵入者を捜しに行こうという気になった。だが、やがてその気は失せた。相手は、今この瞬間の僕を見ていなければ、僕に気付かれているとはわからないのだ。

だから、相手を捕まえたいのなら、僕は何も疑っていない人間のようにふるまわなければならない。というわけで、溜め池からビールを数本取り出してキャンプに持って帰り、冷蔵庫に補給した。昼食をとり、こっそり見ている奴は喉をからからにして見ているがいいと思いながら、もう一本ビールを空けた後、洗濯をして、岩に広げて乾かした。

この後、一時間ほど、ジープの整備をした。オイルと水をチェックし、ガソリンを補充し、エンジンをいじり回した。終わったときには油まみれになっていた。そこで、懸念などひとつもない男の像を念頭に置きながら、カンバス地のバスタブを溜め池まで運び、水浴びをして、着ていた服を洗い、きれいな洋服を身に付けた。いくらか蚊に食われはしたが、すっきりした気分になり、キャンプに戻った。

侵入者のことはさておき、そろそろ、ペラディン渓谷の人々と彼らの話を、改めて検討し直してみる頃だ。僕はカラザスの手紙と調査代行社の報告書を取り出し、もう一度虫除けを吹き付けてから、六年前の火事で、火がどのように渓谷に拡がったのかについての個々の説明をじっくり読み始めた。

まず、唾棄すべきローリー・コーベットの証言。明らかに、ご親切な新聞記者によって、並みの言葉に手直しされている。

「九時半を回った頃だ。ボスが何か手を打つべきだと判断した。おれのおじのサム・コーベットとパーシー・アンダースン、ボブ・ミラー、サンディー・グラハムを北の壁に送り出して、そこで火事に備えろと言ったんだ。残ったおれたちは、家畜を追って行く予定だった」

「残ったのは、ボスに加えて、ソール・レギア、ウィリアムズ三兄弟、ギルバート・レギア、アダム・クイントリー、それにおれだ。ボスは、牛を東に移動できるように横一列に、一キロ半くらいにひろげて渓谷の西側を進んでいき、それから方向を変えて、北のビリー・チャドの小谷を目指せと言った」

「おれは、列の西の端っこにいたから、距離が一番長かった。渓谷は煙がいっぱいで……」

僕は、写真や、カラザスが手紙で言っていたねずみ顔を思い浮かべて、一人つぶやいた。つまり、お前が何をやったかは誰にもわからないということだな、ローリー・コーベット。

「――それに、北西からすごい風が吹き付けていた。もう、九キロは来たと思ったが、動物なんか一匹も見えやしなかった。唸るような風の音しか聞こえなかったから、おれは何もできなくって、振り返ると、煙を通して炎が見えたんだ」
「おれはがんばって、西の避難所に向かった。運良く、間に合った。すっかり火が治まるまで、ほかの奴がどうなったか、全然知らなかった。それに、自分の馬がどうなったかも、全然わからない……」

僕は、同一人物による新聞の目撃談と検死審問の証言とを比べてみることができたが、ローリー・コーベットに関しては不可能だった。彼は、検死審問が開催される前に殺され、のたれ死にしたのだ。だが、ほかの人の話となら比較できた。例えば、シェルトンの会計士で、たぶん、共同経営者でもあるアダム・クイントリーの話だ。

「以前にもこういう状況を経験しているから、壊滅的な被害を蒙るとは思わなかったが、我々は火事に備えた。数日前から、渓谷の向こうの山岳地帯が燃えていたところに加え、二月八日の朝は北風が吹いた。それで、ミスター・シェルトンがヘリコプターの偵察から戻ると、警戒策を講じることにしたのだ」
「彼は、北の壁に向けて、男たち四人を消防車で送り出した。壁を越えて入ってくる火に対処するため、噴霧器を背負わせて。残った男たちはミスター・シェルトンとともに、牛を集めるため、馬で渓谷を駆け回った」

「総勢九人だった。家畜をもれなくとまでいわなくとも、大部分を駆り集められるように、渓谷の幅一列に並んで馬を走らせた。私は東側の端だった。きっと、乗馬はあまりうまくないからだろう。屋敷を出発したのは、たぶん九時四十分くらいだったと思う。横並びに散開はしたが、煙で互いの姿は全然見えなかった」

「最初の牛を見つけたのは、大体八キロほど行ったころだと思う。煙と風に見舞われ、北に向かって群れをなしてさ迷っていた。ミスター・シェルトンに言われたとおり、私は牛を駆り集めにかかった。そのとき、背後で短く鋭い唸り声のような音がした。火が迫ってきていたんだ」

「想像を絶する速さで渓谷に火が回っていた。私は必死で馬を走らせた。幸運にも、どうにか東の待避壕に逃げ込めた。かわいそうだったが、私の馬には何もしてやれなかった……」

「待避壕の入口に立っていると、ハリエット・シェルトンとギルバート・レギアが、煙の中を炎に巻かれそうになりながら、ふらふらになってやってくるのが見えた。私は数歩下りて、二人に手を貸して待避壕に引き入れた。二人とも馬に振り落とされたのだが、待避壕に向かって走っているギルバートが、幸運にもミス・シェルトンを発見したのだ。ミス・シェルトンは火の中に出るべきではなかったのだが、彼女は父親を探そうとして……」

この話は、アダム・クイントリーが検死審問で述べた証言とぴったり一致しているが、他の生存者の話とは一致しない。一例をあげれば、ミュリエル・レギアの話だ。だが、彼女の話をする前に、カラザスの手紙を読み直して、彼女を思い出しておく。

スチュアート、ここには不可解な人間がいる。レギア一家もその中に入るが、とりわけ不可解なのはミュリエル・レギアだ。黒髪で体が大きいソール・レギアは、非常に強靭で、牛の世話に関しては右に出るものはいない。この牧場に関するかぎり、牛肉の製造、繁殖用動物の飼育については彼がボスだ。彼とシェルトンとの関係には大いに興味をそそられる。二人は、シェルトンのオフィスで仕事の話をする程度なのだが、お互い、言葉を交わさなくても理解しあっているらしい。息子のギルバートは父親にそっくりで……。

ウォレスの妻が死んで以来、屋敷にいるミセス・レギアは、家政婦とも女主人ともいえるような態度で振舞っている。ここでは時折、格式ばらないパーティーが催される。

メルボルンからトロスボまで網羅する招待客を、ボブ・ミラーがヘリコプターで渓谷まで運んでくる。

それは盛大な宴会なのだが、ミセス・レギアがとびきり上等のイブニングドレスに身を包み、正餐の席に鎮座しているのを見ると、いつもびっくりする。どうしてそんなに驚くのかって？　誰もそのことに注目していないらしいし、注目しても、決して口にはしないのだが、ミセス・レギアはシェルトンの一族にそっくりなのだ。シェルトン家の者はイギリスに戻ってシェルトン家の人間と結婚するというのが、一族のはずせない決まりらしいことは以前にも書いた。もし、書斎にある肖像画が実物そのままなら、ミセス・レギアは、故ウォレス・シェルトンの妻の妹といっても通用するだろう。シェルトン家の人々の身長の高さと華奢な体つき、ほっそりとした顔に灰色の瞳、長く黒いまつげ、内向的な表情。

だが、彼女は近隣の出だ。トロスボに親類がいる。たぶん、僕がいろいろ想像しているだけだろうが、彼女は、シェルトン家特有の激しい気分の浮き沈みを見せ、移り気だ。時々、夢を見ているとしか言いようのない尊大な態度で敷地内をさ迷い歩くこともあれば、ぶっきら棒で偉そうなこともあるし、忌々しいほど無礼なときもある。ほかの女性たちが、陰でからかうのも不思議ではない。ふりふりパンツの女神、サリー・ウィリアムズは彼女をそう呼んでいる……。

新聞に載っているミュリエル・レギアの供述には、そのときの彼女の気分があまり現われていない。きっと、ショックが覚めやらずに、感情が麻痺(まひ)していたのだろう。

「朝、九時に、ミスター・シェルトン、ミスター・ミラーとわたしの夫がヘリコプターの偵察から戻ってきました。それからサム・コーベットを屋敷に呼んで会議をしました。ひょっとしたら火事が渓谷に入ってくる、警戒したほうがいいと決めたんです。サム・コーベットのほか三人が、突発的な火に対処するため北の壁に送りだされました。ミスター・シェルトンは、家畜をビリー・チャドの小谷に駆り集めるため、わたしの夫をはじめ、男たちを引き連れて渓谷に馬を出しました。ミスター・カラザスは別で、もちろん学校にいました」

「男の人たちが馬に乗って出て行くのを見たのは、九時半くらいでした。そして、それが夫ばかりでなく、ミスター・シェルトンとウィリアムズの三人兄弟を見た最後でした。皆が出て行くと、わたしは、店にいるエミリー・コーベットを呼びに使いを走らせました。そして、彼女とミス・シェルトンとわたしとで、バケツで水を汲(く)み出したり、火が屋敷の近くまで回ってきたときに、ホースが使えるように確かめたんです。それから、しばらくの間、ミス・シェルトンは自分と父親の部屋にこもって、もし、屋敷に危険が迫ったら持ち出すものを選んでいたんです」

「十時半頃、ミス・シェルトンが、火が回ってきたって叫びながら、エミリー・コーベットとわたしのところに走ってきました。大急ぎで外に出ると、建物が燃えていた——作業場もガレージも格納庫も。ものすごい轟音（ごうおん）が起こり、火薬庫が吹き飛んだのがわかりました。ミス・シェルトンは馬の囲い場に走っていくと、裸馬に飛び乗り、駆けていきました。父に知らせなければって言うの。誰も彼女を止められませんでした」

「エミリー・コーベットとわたしは小道を走り回って、ほかの女性たちに危険を知らせました。ジーン・グラハム、ベティ・ミラー、マール・アンダースンが集まってきたけど、サリー・ウィリアムズの姿は見あたらなかった。皆で学校まで走っていったけれど、ミスター・カラザスはすでに、子どもたちをビリー・チャドの小谷の上にある溜め池（たいけ）に連れていった後でした。途中で、溜め池から戻ってくる彼に会ったんです。学校からどうしても持ち出さなくてはならない書類や道具があるって言うんです」

「学校の近くまで行くのはもう手遅れよって言って、やめさせようとしたんだけれど、彼はどうしても行くって。だから、彼にかまわず、溜め池に急ぎました。だって、もう、そこいら中に火が回っていたんですもの。チャドのところを通ったときには、家は完全に火に包まれていて、溜め池へはどうにか間に合いました。子どもたちは全員そこにいました。わたしたちは大きな岩の下に子どもたちを移動させて、毛布をかぶせ、交代で溜め池の水を汲んでは子どもたちにかけてやりました……」

「わたしたちがチャドのところを通ったときに、まだ、ビリーとヒルダ・チャドが平屋にいるなんて考えもしませんでした……」

ミセス・レギアは、トロスボで行なわれた検死審問で、ほとんどこれと一字一句違わぬ証言をしているし、生き残ったほかの女性たちも、似たような言い方をしている。だが、奇妙なのは、判事も、第一審で彼らの話を聞いた人も、誰も時間の食い違いを指摘していないことだ。関心が寄せられたかどうかの記録も残されていない。

ローリー・コーベットは、背後から火が迫っていると知ったのは、馬で九キロほど渓谷を行ったときと語っている。ギルバート・レギアは、その距離を十一キロと考え、アダム・クイントリーは八キロと言っていた。平均するとローリー・コーベットの数になる。彼の人生でたった一度だけ、本当のことを語ることができたというわけだ。

渓谷に馬で乗り出した時間はまちまちで、九時半から九時四十分と幅がある。僕はその真ん中をとって、九時三十五分とした。それでは、この九人の男たちが、馬で九キロ進むのにどれくらい時間がかかったのだろう？　恐ろしい熱さに加え、渦巻く霧のような煙だったが、風は追い風で、緊急の任務が彼らをはやらせた。そういう状況下では、九キロ行くのに約三十分が妥当なところではないかと思う。

そうすると、ギルバート・レギア、アダム・クイントリー、ローリー・コーベットが、迫ってくる火を見たのは十時五分から十時十五分の間になる。北へ九キロの地点でその時間なのに、ミュリエル・レギアは、十時半頃、屋敷に火が回ってきて、ハリエット・シェルトンが父親を探しに馬で駆け出していったと証言している。ほかの女性もこの証言を裏付けているのだ。

気がつくと、太陽は真上にあり、陽射しがまともに照りつけてきて、いてもたってもいられないほど暑い。僕はテーブルと椅子(いす)を完全に日陰になっている場所に移すと、立ったままあたりを見回した。

不意に、この場所が炎につつまれている図が見えた。溜(た)め池(いけ)の背後にある岩の洞窟(どうくつ)の避難所へ、子供たちを誘導して走っていくパット・カラザス。ビリー・チャドの燃えさかる家を通り過ぎ、五人の女性たちとすれちがおうとするカラザス。彼女たちに、きびすを返して早く逃げるように説得されたにもかかわらず、彼は学校に戻り、死んだ。彼がチャドとヒルダを助け出そうとして、チャドの家で息絶えたとしても、僕は頷ける。あるいは、気の毒なサリー・ウィリアムズを探し回り、助けだそうとして死んだとしても、彼ならそうしただろうと思う。

だが、書類や道具のために学校に戻っただって？　特別区にいたときは、僕はミセス・レギアの証言を信じていた。ここに来てみると、とてもそんな話は信じられない。

大気は、塗り込めたように動かない。熱い太陽光線が照りつけている断崖の一部分が黄色く映え、丘の中腹の木々はだらりとしている。聞こえるのは、溜め池に流れ落ちる柔らかい水の音だけだ。

僕は冷蔵庫からもう一缶ビールを取り出し、テーブルに戻ってビールを空けた。とても冷えていて、満足した。再び書類にもどって目をとおすと、ヘンリー・ケズウィックの検死審問での証言の記事を見つけた。彼は、火災当時、トロスボの上級森林管理官だった。

「この火事は、おそらく、これまで経験した中でも最悪のものでしょう。火災の勃発を許す条件がばっちり揃っていたんです。その前の冬は、いつになく湿気が多かったせいで、草や低木がよく生え繁りました。そこに、暑く乾燥した天気が長く続き、とどめに、焼け焦がすような北風が吹いたのです。

桂冠火(けいかんび)という、手の打ちようがない類の火事でした。桂冠火というのは、火が木の頂部伝いに拡がり、風で火の中心部よりもずっと先んじたところの葉や枝が燃えます。葉や枝だけではありません。そのような火事では、ユーカリの木が、文字どおり爆発して火の粉を散らします。爆発すると、燃えやすいユーカリの油が大量に気化して拡がる。風で送られる油が、火元の最先端より一キロ半以上先んじて、どんどん炎を膨らませていくのです。火がとてつもなく大きな板のように大気の中を流れていくのを、この目で見たことがあります。この世の終わりのようでした。ペラディン渓谷を全滅させたのは、そんな類の火事でした……」

ここまで読んで、僕は心が痛み、よほど、火事の調査をやめようかと思った。ミスター・ケズウィックが語ったような恐ろしい炎がペラディン渓谷を襲ったという話だけで充分だった。あくまでやり抜けば、忘れ去られたままになるはずだった邪悪を暴けるかもしれない。心の中に恐ろしい秘密をしまい込むか、それとも、発見した真相をしかるべき筋に報告するか、とうとう、決断を迫られる状況になった。後者をとれば、世間に広く知れ渡り、スキャンダルになって悲痛な思いをすることは避けられない。

おそらく、寝た子は起こすべきではないのだ。だが、パット・カラザスのことが頭から離れない。活力に溢（あふ）れる大きな体に、そばかすだらけの顔を幸せにそうに輝やかせている彼の面影が片時も忘れられない。なぜ彼は死んだのだろう？　それに、ウィリアムズのあのやんちゃな兄弟たちと、カラザスが〈ペラディン渓谷で一番幸福な人〉と言っていたサリー・ウィリアムズ、ビリーとヒルダのチャド夫婦も、彼とともに逝った。そして、奇妙に多面的な性格のウォレス・シェルトンとソール・レギアは検死審問で死亡と推定されている。二人の死体はまったく見つからなかったのだろうか？

だめだ、ここで打ち切るなんて不可能だ。

僕はファイルから、『雑木林地帯の山火事による死に関する検死審問議事録　於（おいて）：トロスボ裁判所　一九六一年六月十七日、十八日、十九日。検死官ミスター・H・G・スタンフィールド』と見出しがついた紙挟みを手に取り、トロスボのベィリウィックで羊飼いをやっている判事ジェームズ・ヘンリー・プロクターの証言記録を引っ張り出した。

「閣下、はじめに申し上げておきます。私は火災の後、一番初めにペラディン渓谷に入った者であります。つまり、渓谷が全滅した後の朝にということです。そして、生存者がいることを突き止め、全員を発見しました。東の避難所に三人、西の避難所に一人、そのほかの人たちは、ビリー・チャドの小谷として知られている洞窟の中にいました。私が洞窟に到着する直前に、四人の男たちが北の避難所からやってきました。彼らはほとんど二十四時間、そこに留まっていたのです」

「彼らを助け出してから、私はヴィール巡査部長、巡査のトレントとオースチン、ミスター・トマス・ウィルキーとミスター・フレデリック・ヘーゼルウッドとともに渓谷にとって返し、ミスター・シェルトンとミスター・レギアの遺体を徹底捜索しました。我々とともに、ミスター・ギルバート・レギアも加わりました。遺体捜索中のミスター・レギアの息子さんです。彼は、ショックの只中にありながら、どうしても捜索に参加したいと言ってきたのです」

「ミセス・ウィリアムズと彼女の三人の息子のジョージ、フランク、テッド、それと教師のミスター・カラザスの遺体発見については、ヴィール巡査部長をはじめ、ほかのかたがたの証言を通して、皆さんはすでにお聞きのことと思います――」

私はこの部分を読むといつも思うのだが、判事のミスター・プロクターと彼とともにいた警官たちは、トロスボの居酒屋での愉快な大立ち回りを思い出したのだろうか。ウィリアムズ三兄弟と学校教師が豚箱にぶち込まれ、法廷の仕事が完了するまで留まることを言い渡された一件を。

「――それと、チャド大妻です。もちろん、私は二人の遺体が発見されたとき、その場におりました。ミスター・シェルトンとミスター・レギアの捜索に戻ったとき、まだ火は燻(くす)ぶっていて、作業は相当な困難を要しました。馬に乗って家畜を追っていた男性たちが背後に迫る火を見たのが、渓谷の中ほどまで来たときだったということから、不明者たちはその一帯で死んだのではなかろうかという推測をもとに、捜索にとりかかりました」

「我々の捜索は毎日、二週間続きました。南に向かって捜索して行き、南の壁近くで牛の死骸(しがい)を見つけて、捜索を終了しました。夥(おびただ)しい数の牛の骨以外に、捜索で発見したのは以下のものです。

(a)あぶみ二個
(b)くつわの馬銜(はみ)
(c)馬の骨と頭蓋骨(ずがいこつ)　馬のものと容易に識別可能
(d)焼け焦げて黒くなったコイン　八個
(e)一部分焼けた乗馬靴の踵(かかと)と靴底
(f)ハンマーの頭

(g)焼けた手引きのこぎり
(h)ケーキ用平鍋（ひらなべ）
(i)鎖一本
(j)馬の左前脚の繋部（けいぶ）からひづめ部分

(c)を除き、これらのものは全て、法廷の前方に陳列されています。ミスター・ギルバート・レギアは、踵（かかと）つきの一部分が焼けた靴底は、火災当時、父親が履いていたもののような気がすると言っています」
「しかし、捜索に参加したものは全員、陳列してあるものが何であるか確信しています。たとえば、馬のひづめです。見ると、ひづめは割れていて、蹄鉄（ていてつ）を打たれています。人を乗せるためであり、さらに割れないようにするためです。このひづめは、ミスター・シェルトンの愛馬ブラッキーのものであると言って差しつかえないでしょう。彼の愛馬のひづめは割れていて、ここに陳列してあるように蹄鉄が打たれておりました」

「ヴィール巡査部長が、もうこれ以上やっても無駄であると納得するまで、捜索を続けました。といっても、ミスター・ギルバート・レギアは同意しませんでしたが。きれいな灰の粉と化すほど跡形もなく燃え尽きてしまっている牛の骨もありました。私見ですが、我々が捜索している紳士たちも、そのように不幸な運命に見舞われたのではないでしょうか」

「しかしながら、彼らの遺体が夥しい牛の骨の中にある可能性は捨て切れません。我々は徹底的に探しました。しかし、探しているものの見分けがつかないという可能性は否定できません……」


僕はミスター・プロクターの証言をもとに戻し、ギルバート・レギアの証言を取り出した。彼のはとても長いので、問題となる部分だけを引用する。


「ぼくは捜索を中止するという決定には不満でした。父とミスター・シェルトンが生きているかもしれないと思ったからではなく、二人の遺体と遺留品をどうしても見つけなければと感じたからです」

「二人は死んだと思っています。あの靴の踵は確かに父のものです。踵は間違いなくあの形でした。そして、ひづめは、もちろん、ミスター・シェルトンの愛馬ブラッキーのものです。ブラッキーのひづめが割れたとき、蹄鉄を打つのをぼくは手伝ったんです」

「でも、父とミスター・シェルトンがあの炎で、すっかり灰になってしまったなんて、信じられないのです。ぼくは探すのをあきらめなかったし、まだ、あきらめていません。

できるかぎり足繁く渓谷に戻り、何か残っているものがないか、くまなく探しました。何か見つけるまで、そうするつもりです」

「サム・コーベットとぼくは、スノーライン・ハイウェイの渓谷へ入る分岐点のコンズ・ヒルでガソリン・サービス・ステーションとレストランを始めました。サムの奥さんと娘さん、それにボニー・チャドに手伝ってもらっています。コンズ・ヒルからペラディン渓谷まで、たった四十八キロだから、ちょっと抜け出して、頻繁に行くことができるんです。渓谷の底の底まで、埋もれている骨を何度もつぶさに調べたけれど、見つかったものは何もありません。でも、ずっと続けるつもりです……」

意地悪く考えれば、自由に仕事を抜け出すために、サム・コーベットと仕事を始めたようにも思える。

僕は急いで食事をして、夕方の涼しいときに、骨の山に向けて車をとばした。レギア青年の、たびたび骨を捜したという証言を考えれば、探し始めて十五分も経たないうちに人間の頭蓋骨(ずがいこつ)を二体見つけたのは、かなり驚異的なことだ。もちろん、そうしながら、草むらを滑るように逃げていく黒蛇も三匹見た。二つの頭蓋骨はそれぞれ、互いに二十七メートル離れた骨の山の中から見つかった。

5

渓谷は、今はもう暗く、空に銀河がはっきりと見える。西方の壁の背後を染める赤褐色の輝きが、陽の名残をとどめていた。ヘッドランプが照らし出す長い光のトンネルに導かれて、僕はキャンプに戻った。ガス灯に火を入れ、頭蓋骨をテーブルに置いた。だが、直ちに腰を据えて、それを観察しなかった。

古い牛の骨の中を探し回って体が汚れていたので、カンバス製のバスタブを溜め池に運び、絶えず襲いかかってくる蚊を追い払いながら、バスタブに入った。だが、本音を言えば、頭蓋骨が目を覚ますのではないかという恐怖を先延ばしするために水浴びをしているのだ。バスタブに体を沈め、水をはねかけて蚊を撃退しながら、内心の不安を鎮めていった。タオルで体を拭き、長袖の上着とゆったりとしたズボンを身に付けると、溜め池のビールの本数を確認した。合っている。冷蔵庫に補充するため、三缶取り出して、キャンプに戻った。

冷えた缶の口を開け、タバコに火をつけると、とうとう問題と向き合わざるを得なくなった。パプアニューギニア管理局の役人が皆学ぶように、僕は、モスマンにある太平洋管理学校で自然人類学を学んだ。たった数ヶ月の勉強で権威などとはとても言えないが、たいした知識がなくても、この二つの頭蓋骨（ずがいこつ）は白人のものではないということはわかる。もっと専門的にいえば、コーカシアン（白色人種群）でもない。眼窩（がんか）の上の高い隆起と突き出たあごが特徴のニグロイドかオーストラロイドの型だ。この頭蓋骨には、顕著にその特徴が見てとれる。

さらに、オーストラリア大陸出身の僕としては、二つの頭蓋骨は、一目でオーストラリア先住民のものと推測する。あるいは、ニューギニアからやってきた人の可能性もある。パット・カラザスは特別区にいた二年の間に、僕に強く影響されて、自然人類学に興味を持つようになった。ふたりで一緒に、頭蓋骨の容量やグラベローイニアック線、ブレグマ角度、前頭葉角度などを測ったりした。カラザスはヴィクトリアに戻るとき、原住民の頭蓋骨を二個持参していった。重大な規則違反であることは承知の上で、僕が彼のために手にいれたのだ。

問題はこうだ。目の前にある頭蓋骨は、カラザスがモレスビーから持ち帰ったものだろうか？

これらは火中にあったことは明らかだ。骨は黒ずんでほろほろと崩れやすく、ハチの巣のようなきめが見える。一方の下あごには十六本の歯があり、もう一つのには十九本ある。どの歯も磨り減っていて、固い食べ物を齧る生活をしていたことを示している。

しかし、二つの頭蓋骨がいずれの種族のものなのかを決める技術も、知識も僕は持ち合わせていなかった。記憶はまるで役にたたなかった。カラザスにあげた頭蓋骨にもし、ひび割れが入っていたとしても、その線の特徴など、何も思い出せないのだ。それに下あごに何本歯が残っていたのかも。

仮に、これらの頭蓋骨が、カラザスがモレスビーから持参してきたものなら、屋敷内の彼の部屋で発見されて、火事の後で牛の骨の中に置かれたにちがいない。オーストラリア先住民の頭蓋骨なら、火事で焼けて砕けやすくなってしまった後、牛の骨の中に置かれたのだ。

しかし、火事のどれくらい後だろう？

黄褐色のガマグチヨタカが夜の闇に、ムームーという呼び声を立てている。コアラが樹上で小さく唸っており、ランプの周りには翅のついた蟻と蚊の大群がブンブンと飛び回っている。僕は虫に殺虫剤を吹き付けてから、再び書類を調べようと、今度は調査代行のトリスト社の報告書が入ったファイルを開いた。

ギルバート・レギアの証言は信用できる。当局による行方不明者の遺体捜索が打ち切られた後、彼は規則的に数ヶ月おきに、捜索を続けていた。結論として、彼は本当に、コンズ・ヒルでサービス・ステーションとレストランを開いている。ペラディン渓谷に近いので、頻繁に足を運べるからだ。

我々の調査では、彼は独力の捜索を、少なくとも一年は続けていた。現在、渓谷に行っているかに関しては、裏づけは何もない……。


ということは、頭蓋骨が牛の骨の中に隠されたのは、少なくとも火事の一年後だ。そうでなければ、ギルバート・レギアが見つけ出したはずだ。だが、なぜ、そんなところに置かれたのだろう？

ソール・レギアとウォレス・シェルトンは牛と一緒に死んだという証拠にするのが目的なら、無駄な骨折りだ。発見者が警察に持ちこみ、専門的な検査をすれば、虚偽だとばれるだろう。僕も実際にそうするつもりだ。

そのとき、僕の脳裏に、赤ランプが点滅した。騙そうとする相手が僕だとしたら？

考えれば考えるほど、ありえそうな話に思えてくる。特別区にいるスチュアート・ハミルトンがペラディン渓谷の火事に、並々ならぬ興味を示しているという噂が流れる。そして、ペラディン渓谷の人々はパット・カラザスを通して、僕が彼らを知っているのと同様に、僕のことを知っている。カラザスは僕のことを皆に話していたし、特別区にいたときの写真を見せていた。それらの写真の多くに僕ははっきり写っている。だから、ペラディン渓谷の人たちは、僕の風貌を知っているはずだ。

ここで、あの見知らぬ訪問者のことを思い出し、さまざまな疑問があいまって、一つの小さな考えに集約した。もし、見知らぬ訪問者が缶ビールに触らなかったら、僕は彼の存在には決して気がつかなかった。だが、彼は触った。ペラディン渓谷の謎を解明するには、僕が彼に罠をしかけるしかないのだ。

不意に、胸騒ぎがした。依然として、コアラが木の上でかさこそ音を立てているし、黄褐色のガマグチヨタカは小さく唸り続けている。断続的に滴り落ちる滝の澄んだ音がリズミカルに響く。だが、ぴんときた、胸騒ぎの理由が。

僕は首の後ろがむずむずしたが、すぐには行動を起こさず、頭蓋骨を凝視した。そのままずっとそうしていた。一つの頭蓋骨をとり上げて、また置くと、タバコに火をつけてマッチを吹き消し、火事の季節になると皆がするように、踵で火をもみ消した。

そうしながら、やるべきことがまとまった。彼は小川の向こう岸にいる。断崖の下方を覆っている低木や木の中に隠れているのだ。たとえ彼がライフルを構え、ランプの灯りの輪の中に座っている僕に狙いを定めていても、このままこうして座っているより仕方がない。おまえがいることはわかっていると、相手に思わせるような余裕は僕にはなかった。

フォルダーを開き、シングルスペースでタイプされている用紙を一枚取り出すと、一語も目に入らないにもかかわらず、顔を下げていた。一秒が一分のように感じられた。見知らぬ観察者の意図が何であれ、僕に危害をくわえるつもりはないという確信が少しずつ広がっていった。僕を撃とうと思えば、これまでだっていくらでもチャンスはあったのだ。

僕の緊張はゆるみ、読んでいるふりをしていた書類を意識に入れ始めた。偶然にも、取り出していたのは、検死審問でのハリエット・シェルトンの証言だった。こうしている間も観察されていると充分に意識しつつ、僕はじっくり読み始めた。

「父がミスター・レギアとボブ・ミラーと一緒にヘリコプターで戻ってきたのは、朝の九時でした。九時三十五分頃、サム・コーベットと三人の男の人が消防車で北の壁に向かい、父と残った人たちは馬に乗って、牛を集めに渓谷へ出て行きました」

「わたしはミセス・レギアとエミリー・コーベットと一緒に、馬の準備をしたり、家の周りでバケツに水を張ったりしました。それから、火事に備えて、部屋で父とわたしが持ち出したいものをまとめました」

「十時くらいだったと思います。父の寝室の窓から外を見ると、煙のなかに炎が見えたのです。わたしは大急ぎでミセス・レギアとエミリー・コーベットのところへ行って叫びました。すぐ、逃げてって」

「それから、わたしは馬小屋に走って、馬に轡と手綱をつけました。鞍なしで背中に乗り、渓谷に駆け出しました。父と一緒にいる男の人たちに、後ろから火が迫っているわよって知らせたかったんです。でも、大変な煙で、皆を見つけることができませんでした。わたしは燃えさかる火の中に突っ込んでいったけれど、馬はわたしを振り落として、逃げていってしまった」

「わたしは東の避難所へと思ったけれど、煙に巻かれて、どっちへ行けばいいのか、全然わからなかった。よろめきながら歩いていたら、突然ギルバート・レギアが現われたんです。彼はわたしの手をつかんで、先導してくれました。二人でなんとか火災避難所を見つけました。そこで、ミスター・クイントリーが、わたしに危険がないようにしてくれた……」

ハリエット・シェルトンの証言に、明白な矛盾とは違った、歪みのようなものが感じられて仕方がない。だが、頭の中は、小川の向こう岸にいる男のことでいっぱいなので、違和感を突き止めるのをあきらめ、書類をフォルダーに戻して、椅子に体をあずけた。あの男に対して、何か手を打たねばならない。

男を捜しに行くのは、まったく無駄だ。できれば、むしろ、彼が僕のところに来るように仕向けた方がいい。そこで、僕は疲れすぎできびきびと動けないふりをして、あくびをし、寝る準備をした。大げさに殺虫剤を振り撒き、灯りを消して、毛布の上に倒れ込むと、くたびれたというふうに、一、二回大きく溜息をついた。

はじめは真っ暗闇だったが、目がなれるにつれ、ぼんやりとした薄暗さになり、空き地の周りに立つ黒い巨大な木々があいまいに見えてきた。自然に呼吸するのだと自分に言い聞かせた。まるで眠っているように。それっきり奇妙なことがおこるまで何も覚えていない。ちらりと何か見えたような気がして、僕は薄暗がりに目を凝らした。うっすらとした灯りが切り株を滑るようによぎり、銀の刃に似た木々の葉がベルベットのような艶を見せた。観察者を尻目に、僕はうとうとしていたようで、寝ている間に、月は高く上っていた。

それから、さらに不気味な変化があった。体を動かさないようにして空き地に目を凝らすと、間がよく、寝ているところから二十メートルほど離れたところにあるセキザイユーカリの木陰の闇に、輪郭のぼやけたものが身を潜めているのが見えた。

僕は、またぐっすり眠り込んだふりをした。月はすでに樹上の高いところにある。月光は一段と冴えたが、木陰にいる者は、闇になりを潜めたままだ。ついに男は行動を起し、月灯りの中に、音もたてずに姿を見せた。

かなりの老人だが、長身で、背筋がしゃんとして姿勢がいい。着衣はオープンネックのシャツに灰色かカーキ色のスラックス。髪は白く、すっきりと整った顔立ちをしている。鷲鼻に感受性の鋭そうな口元が、これまであまりお目にかかったことがないほどハンサムな顔立ちの男という印象だ。だが、この男を僕は知らない。カラザスが送ってくれた写真やスライドには一度も写っていなかった。

彼は、テントから二メートルも離れていないところまで近づいてきて、体を屈めて僕を覗き込んだ。僕は目を閉じているような薄目にして、口を半開きにして呼吸をした。もう捕まえたも同然だ。あと三歩、男が近づいてきたら、とびかかって押さえ付けてやろう。だが、どういうわけか、男は動揺して、ひらりと飛び上がると、数メートル後方に音も立てずに着地した。そのまま動かずに、こちらを観察している。

僕は居眠りしている人がやるみたいに、大きく息をついて、ちょっと鼻をフンフン動かしてから、また規則的な寝息をたてた。老人は緊張を解いた。彼は爪先立ちでテーブルまで進むと、僕のほうに何度かすばやい視線を走らせて、頭蓋骨とフォルダーをじっくりと見ている。彼は何にも触らなかった。

テーブルから離れると、僕の視界からはずれ、姿が見えなくなった。きっと、ジープに積んであるものを見ているのだろう。音がしないということは、やっぱり、何にも触っていないらしい。

一分くらいたってから、もう一度、彼の姿が視界に入ってきた。すばやい動きで、小川の方にいった。音を立てずに小川を飛び越えると、低い断崖の上の暗い木立の中へ姿を消した。後を追ったほうがよかったのかもしれないが、土地を知り尽くしたような彼の動きを見ていると、追っても失敗に終わっただろう。そういう結論に達したが、ハリエット・シェルトンの証言の中の言葉を思い出し、ぞっとした――すぐ、逃げて。

トリスト社からの報告書を受け取ったとき、この言葉に印はついていなかった。渓谷にやってきてからも、そのまま触っていない。だが、今、その言葉に、くっきりと太いアンダーラインが引かれていた。

「出て行くのだ、ハミルトン」誰かが言っている。「すぐ、出て行け」

不穏な思いに囚われて、しばらく眠れなかった。次の日は二月八日、火災のあった日だ。僕は、早々に活動を開始して廃墟の調査を続け、丘に登って渓谷を一望しながら、六年前の主人公たちの動きを作り上げてみるつもりだった。

だが、昨夜の一連の出来事は、かなりこたえた。目覚めたのは十時だった。起きだしてみると、骨の折れる仕事などまったくやる気になれなかった。太陽は高く上り、突風がむっとするような熱さを小谷に送り込んできた。ラジオはぱちぱちという雑音混じりに、ヴィクトリアとニューサウスウェールズ南東部全域に、再び、火気全面禁止令がしかれたと伝えていた。そんなわけで、僕はビールを飲んだり、老人の問題を考えたりして、キャンプでぶらぶらと過ごした。僕のビールに危うく手を出そうとしたのはあの男なのだろうか？　巧妙に、出て行けと僕に警告したのは誰だろう？　どうであれ、彼は、僕が誰で、なぜここにいるかを充分に承知していることは確かだ。

だが、彼は誰なのだろう？　彼の姿を見る前は、男は、死んだといわれているウォレス・シェルトンかソール・レギアのどちらかだと思っていた。だが、その推測も崩れてしまった。いったい、彼は何者だ？

僕はトリスト社が作成した火事の生存者の消息一覧表を取り出した。

ハリエット・シェルトン　ヴィクトリア州　トゥーラク　エイキーンサイドグローブ二十八A

アダム・クイントリー　ヴィクトリア州　トゥーラク　テンプラークレセント十七

ミュリエル・レギアと娘ティナ　ノースクィーンズランド　ベルンブラ

サムとエミリーのコーベット夫妻、アラナ・コーベット、ギルバート・レギア、ボニー・

チャド　ヴィクトリア州　コンズヒル
ロバート・ミラーと家族
ニューサウスウェールズ州　カールトン　ダーメンストリート一五八
パーシー・アンダースンと家族　ヴィクトリア州　トロスボ　リッジ・ロード
サンディ・グラハムと家族
サウスオーストラリア州　マウント・ガンビア　リーマー・ストリート三一

あんなにすばしこく音を立てずに動く老人と、これら生存者と認められた人たちのどの点が、どのように一致するのだろう？　まるでわからない。

昼食後、僕は、彼にもう一度ゆっくり僕の持ち物を調べる機会をやった――もし、彼がまだまわりにいるのならば。カメラを携えて、まだ調べていない廃墟のいくつかを探索すべく出発した。僕は、北の方へ向かう小道を行くことにして、サリー・ウィリアムズが死んでいた低木の間を縫いながら、とぼとぼと歩いていった。小柄だが逞しい婦人が炎の中で倒れていく図を想像していたら、まるで、ペラディン渓谷の人々と、実際に共に生活したかのように感じている自分に気がついた。ある人に対しては信頼の情を、ある者に対しては不信の念を、少なくとも一人には軽蔑の念を。だが、単なる錯覚だ。彼らについてよく知らないのだから。おそらく、僕は生存者を探し出し、彼らと話をしなければならないだろう。だが、そんなことは、できればやりたくなかった。

波形に歪(ゆが)んだ鉄や焼け焦げた機械が大量に残されている場所に着いた。作業場と格納庫があったところだろう。難儀しながら残骸(ざんがい)を縫って進んで行くと、いろいろなものを発見した。工具類、車のモーター、トラックのエンジン、トラクター、旋盤二台、研削機、ドリルたて、大牧場に電気とエネルギーを供給する石油エンジンと発電機。

ここでまた、疑問が湧(わ)いた。牧場にあった車輌(しゃりょう)は、脱出手段に使われずに燃えてしまった。火事から逃げようとするときに、車かトラックならば身を投げ出されることはないのだが、ハリエット・シェルトンは裸馬を走らせて渓谷を下っていった。

検死官は、この点をしっかり押さえていて、ハリエットとミセス・レギアにこれに関する質問をしている。二人の答えは同じだ——火がそばまで来ていることに気がつき、外に飛び出したときには、作業場とガレージはもう、激しく燃えていた。ハリエットはまっしぐらに馬のところへ走った。

しかし、二人の当初の証言にある違いは、わずかといえども、今の僕には重要だ。

ミセス・レギアの証言。「大急ぎで外に出ました。ミス・シェルトンは馬の囲い場に走っていくと裸馬に飛び乗り、駆けていきました……」

ハリエットの証言「……わたしは馬小屋へ走り、馬に轡と手綱をつけ……」

明確に違っているところは、馬小屋と馬の囲い場だ。もし、作業場とガレージと格納庫が燃え盛っていたのなら、馬小屋も燃えていたはずで、一面の火の中をかいくぐって馬を捕まえたハリエットは、これ以上ない運の強さに恵まれたといえる。

それから、急いで廃墟を巡っていると、金属の山に行き当たった。ずっと頭の隅にあった疑問を思い出した——ヘリコプター。

カラザスはヘリコプターのことを熱心に記してきた。

ヘリコプターで手紙を出したり、持ち込んだりする。医者や病人を運ぶ。妊婦をトロスボへ運び、赤ちゃんとともに戻ってくる。

スチュアート、前に言ったが、サリー・ウィリアムズの夫のトムは馬に振り落とされて死んだ。実際には、事故のあと数時間たってから、車の中で死んだのだ。ウォレスが、トロスボの病院を目指して、でこぼこ道に車を走らせていたんだ。

シェルトンがヘリコプターを買ったのは、この後だ。緊急に医療の手当てを受けられないせいで、渓谷の住民たちを死なせたりはしないと、彼は言っていた。

僕は、よくヘリコプターに乗せてもらった。ウォレスとソールはヘリコプターの運転免許をもっているが、ボスはボブ・ミラーだ。


「問」ミスター・ミラー、どうしてヘリコプターを使って、住民を救出しなかったのですか?

「答」不意を突かれたせいだと思います。

「問」しかし、当然ながら、緊急事態に備えてヘリコプターを準備していたのではないですか?

「答」私たちは、ヘリコプターで様子を偵察に行きました。すでに話したように、ミスター・シェルトン、ミスター・レギアと私は、朝の八時にヘリコプターで飛び立ちました。悪条件でひどく揺れる中、うまく北へ向かい、渓谷から少なくとも三十二キロくらいのところで火柱が上がっているのを発見しました。

「問」すでに、その話は聞いておりますが、ミスター・ミラー、そのような火事では三十二キロはたいして遠くはない、あなたはそうは思いませんか?

「答」ミスター・シェルトンとミスター・レギアと私は、火事を見て、状況を検討しました。三人の考えでは、今すぐ危険は迫ってこないだろうということになったんです。対策を講じる時間はたっぷりあると考えました。

「問」だが、危険があることは認めたのですね？

「答」私たちは、以前に経験した火事のことを考えたんです。ミスター・シェルトンとミスター・レギアが考えたといっていいでしょう。私がペラディン渓谷に来てからは、深刻な火事の脅威なんてありませんでしたから。山間部から火事が迫ってきたことは何回かありましたが、渓谷を挟むように、二手に分かれて、通過したようです。

「問」ミスター・ミラー、あなたはペラディン渓谷にどれくらいいらっしゃるんですか？

「答」七年です。ミスター・シェルトンがヘリコプターを購入してからです。

「問」あなたの言う、不意を突かれた、とは、正確にはどういうことですか？

「答」そうですねぇ、我々の予測では、渓谷の突端に火が届くのは午後遅く――早くて五時。それで、牛をチャドのところに集めたり、全員無事の確認をしたりと、万端に手を講じる時間はたっぷりあると考えたんです。つまり、結局、火事は渓谷の脇（わき）を通過しないで、中に入ってきたのです。しかも、我々を打ちのめしました――八時間やそこらで徹底的に焼き尽くしてしまった……。

パラディン渓谷の崩壊は、運命付けられていたも同然だった——というより、ここに問題の核心がある。計画を思い付き、たくらみ、実行したのだ。

儀はここの現場写真を数枚撮ってから、小高い丘陵地帯のほうへ二〇〇メートルほど移動した。この丘陵地帯は北の壁のほうまで広がっているが、一連なりにはなっていない。スイミングプールは、最初と二番目の小丘の間にあった。以前はとてもきれいなプールで、渓谷の上方の水源地から、管を敷き、水を引いていた。しかし、火事でタイルはひび割れ、床と壁はコンクリートがむき出しになっていて、以前の面影は跡形もなくなっている。床には砂や小枝、夥(おびただ)しい量の枯葉がとり散らかり、塩素殺菌用の水の注入口に泥が固まって、詰まっている。

外れにあった建物が、今も残っている。カラザスが、渓谷の中でプールが火事の避難所として最適だと言ったのは、その建物があったからだ。建物の隅にコンクリート造りの更衣室があり、やはりコンクリート造りの屋根と側壁がプールまで伸びていて、暗い洞窟(どうくつ)のようになっている。両側から水がひたひたと打ち寄せ、火事の避難所としては、さぞや完璧(かんぺき)な場所だったことだろう。検死官は、このことについてミセス・レギアに質問している。

「問」ミセス・レギア、自分たちのいるところが危ないとわかったとき、どうして、まっしぐらにスイミングプールへ走らなかったのですか？

「答」そのチャンスもなかったんです。ほとんど四方火に取り巻かれるまで、火事が身に迫っているなんて知らなかった。スイミングプールまで行くには、三、四百メートル、火の中をかいくぐっていかなければならないのです。

「問」逃げられる道は唯一つ——ビリー・チャドの小谷へ行くことだったんですね？

「答」そうです。

「問」しかしですね、ミセス・レギア、あなたは、どうして、もっと早く火事が近づいていると気がつかなかったのでしょうか？　もちろん、あなたはじっと見ていたんですよね？

「答」渓谷は煙だらけだったので、炎がすぐ近くに来るまで、全然見えなかったんです。それに、北の壁に向かった四人の男の人たちを当てにしていたので……。

僕は、プールの写真を違った位置から三枚写すと、二番目の丘に登り、パット・カラザスがしばしば夜、星を観察した場所に身を置いた。そして、彼の手紙に書いてあったローリー・コーベットの話を、改めて考えた。

……スチュアート、後になって、僕自身があんな奴を相手にしなければならなかったんだ。スイミングプールの奥に低い丘があり、雲のない夜には、よくそこに行って、双眼鏡で星を観察するのだ。特別区にいたとき、君とよくそうしただろ――もちろん、特別区の空が澄明なときに。

丘の天辺は一面草野原で、木は一本もない。だから、仰向けになってまっすぐ上を見つめると、まるで広い宇宙の中に抱かれているような気分になれる。

いつもはとても静かなのだが、昨晩は静寂が乱された。スイミングプールの近くで、もがくような音がしたので走っていくと、誰あろう、ローリーとハリエット・シェルトンではないか。僕はショックで倒れそうだった。それから、何をやっているのかに気がついて、彼をこっぴどく叱りつけてやった。しこたま殴りつけると、とうとう彼は地面に倒れ込んで、泣きながら詫び言をいった。彼をつかみ上げ、顔に平手をくらわせ、蹴り飛ばして追い払った。ぞっとしない話だ。一件落着すると、ハリエットが、まだその場にいることに気がついた。僕は彼女と歩いて家路に向かいながら、ローリーを警察へ引き渡すよう、父親に言うつもりだと、彼女に言った。

「お願い、やめて、パット」彼女は言った。「わたしの身になってよ。黙っていて」

なんだか、よく、わからないが、僕は何も言わなかった。そのせいではないのだが、僕は、丘で星を眺めることはやめていた。だが、昨日の夜、そこで大の字になって夜空を見ていたら、闇にまぎれて男と女が静かにやってきて、僕の近くに座り、セックスを始めた。

僕は、動く勇気もなく、地面に横になったままじっとしていた。どうしてかというと、その声の主を僕は知っているのだ。それから、恐ろしいことが起こった。突然、なんの前触れもなく、男が女を激しくなじり始めた。彼は冷酷に、侮蔑の限りを尽くして、想像を絶するやり方で、彼女を悪し様にののしった。

彼女は驚いて、恐ろしくなり、すすり泣きながら抗議した。顔に平手をくらう音がした。どっちがどっちに平手を食らわせたのかはわからない。それから、男は立ち去り、しばらくして、女も去っていった。彼女はまだすすり泣いていた。

それで、今、僕はひどくまずい状況にある。たちの悪いローリーを除いて、僕は渓谷の皆と楽しく打ち解けた付き合いをしている。だから、この二人に対しても、僕が二人の秘密を知っているのではと疑われないように、同じように接しなければならない。もし、知っていることがばれたら、二人は不審な態度を見せるようになり、やがて皆に知れ渡るからだ。こんなに狭く、緊密な人間関係の社会では、悲惨なことになってしまう。

スチュアート、人間にはしゃべりたいという、けしからん衝動強迫がある。告解する場があり、精神科医がいる理由の一つは、きっとそのためなのだろう。僕は誓って、今すぐ、あの忌まわしいことを忘れてみせるから、名前は決して言わないでおく。

6

無力感と情けない気持ちで、キャンプに戻った。気分がひどく落ち込んでいたので、昨晩の老人のことはあまり考えなかった。僕がいないうちに、彼がジープを盗んでいても、かまわなかった。ビールを一缶空けたが、気は少しも晴れず、いつもながらのビールにはなんの喜びも感じなかった。

かわいそうに、純真な心のパット・カラザスは、本来、自分の同胞の欠点を深く考えたくない性格なのだ。暗闇(くらやみ)から、とりあえず「こんばんは」と声をかけてさえいれば、彼は今も生き生きと、ペラディン渓谷で生活し続けていたかもしれない。しかし、地面の上で身動きひとつできず、いやでも盗み聞きする羽目になり、知りたくもない隣人の悪行を知ってしまった。嫌な立場にたたされた出来事をなかったことにしようと僕に手紙を書いたが、名前は明らかにしなかった。おそらく、人間のいいところだけを見たいというのは、彼の弱さだったのだろう。

僕は、いやいやながらもなんとかキャンプの日課を済ませた——洗濯、テントの回りの掃除、空き缶やごみの埋め立て。それから食事を作った。その後、陽が沈んでから、椅子に座り、谷間に忍び込んでくる闇を見つめながら、互いに扇動するように鳴く夜の生き物の声に耳を傾けていた。

僕は、思い浮かぶままに考えた。ピューラーレを筏で下っているカラザスと僕。屋敷と北の待避壕の途中に打ち捨てられてあった消防車。元気に満ち溢れたゴロカの少年たちに、オーストラリア式フットボールのやり方を教えているカラザス。東の待避壕で見つけた彼の腕時計。僕の後からマウント・ミカエルを登ってくる彼。パプアニューギニアのチンブ地方の被り物をつけて、リズムよく踊る彼。ローリー・コーベットをぶん殴っている彼——。

パターンができ始めた。パターンのほのかな輪郭にすぎないが。

A＋B＝邪恋

しかし、（A＋B）＋C＝惨劇

Cにローリー・コーベットの名を入れることができる。カラザスは彼を見逃してやっていたが。もっとも、記憶から消し去ってしまったのかもしれない。ウォレス・シェルトンは、たとえ、これまでローリーが悪事に染まっていなくても、この先間違いなく染まってしまうだろうと言っていた。あのこそこそとして、詮索好きな性格——彼なら、ペラディン渓谷で隠密裏になされた破滅を呼ぶ企てを、決して見逃したりしないだろう。そのうえ、彼のやり口に脅しという手も加わった。おそらく、脅しは火事の後も続き、とうとう息の根を止められてしまったのだ。

　Cは間違いなくローリーだ。だが、AとBは？　Aには、渓谷にいた男全員を、Bには女全員を当てはめてみた。それから、惨劇の大きさを考慮し、当てはめる人物を削っていった。名もない者が藪の中で密通したからといって、渓谷に火を放ちはしないだろう。

　そこで、Aは、ウォレス・シェルトン、ソール・レギア、アダム・クイントリー以外はありえない。Bに当てはまるのは、さらに限定される。考えられるのは、ミュリエル・レギアとハリエット・シェルトンだけだ。それに、ベティ・ミラーを加えよう。カラザスは、彼女はチャーミングな女性で、夫は有能な男と書いていた。

　また、寝た子を起こそうとしているような気がしたが、今回はその考えを、即座に振り払った。謀殺がなされたのだ。一人だけではない。犠牲者たちは、正義を求め、叫んでいる。

　僕がここまでやっていたのは捜査ではなく、地面を調べていたにすぎないということが、今、わかった。そして、このことを脳裏に刻みつけると、懐中電灯で照らしながら、ガスランプをジープに積み、つるはし、シャベル、鉄梃(かなてこ)を確認して、ゆっくりと小谷を出発した。

学校のところで右に曲がり、うまくクリークを渡って、以前からある細道を進んでいった。コンクリートの門柱の間を通り抜け、廃墟と化したレギアの家のそばで車を停めた。ジープを降りて、ガスランプに灯りを入れようとしているとき、渓谷のはるか下方で、暗闇(くらやみ)の中をゆっくりと上に向かってくる小さな白い断片が見えた。小さな赤い光が見えてきたので、車が山あいの狭い岩棚を走っているのだとわかった。

あの老人だ。あのハンサムな老人。これは考えられることだった。彼もまた訪問者だったのだ。渓谷のどこかに車を置き、僕のことを念入りに調べ、警告を与えた後、缶ビールを失敬しようとした。夜の闇(やみ)にまぎれて気付かれずにキャンプをたたもうと、ずっと隠れていたのだ。

ちらちらとひかる赤い光が消えた。とっさに、ジープに戻って追跡しようかと思った。しかし、山あいは屋敷から二十キロある。そこに着くまでに、老人はスノーライン・ハイウェイに向かう道を何キロも進んでいるだろう。彼は道を知っているが、僕は知らない。スノーラインへの分岐点まで行ったとしても、彼が、もう一方のプリンセス・ハイウェイに向かう悪路を選ばなかったと、どうしてわかる？

彼を追いかけても、時間の無駄だろう。僕はガスランプに灯りを入れ、レギアの住居の残骸をよじ登った。

カラザスのわりと初期の手紙に、レギア一家とその家庭について書いたものがあった。

土曜日の夜、レギア一家とお茶を飲むのが習慣になった。僕の知るかぎり、家を訪れるのは僕だけらしい。主な理由は、ミュリエルは、ほかの女性たちの受けがよくないからだ。

僕がお邪魔している間に、ときどき、数人の男たちが、牧場の仕事の件でソールに会いに来たことがあるが、決して招じ入れられたことはない。男たちは裏手のベランダで用件を話して、帰っていった。

居心地のよい家で、家族四人の暮らし向きはよかった。ソールは、大きな体に黒髪の気むずかし屋。ギルバートは父親とそっくりの青年。娘のティナは十二歳で、やせっぽっち。以前にも君に書いたと思うが、ミュリエルはすらりと背が高く、優雅で、シェルトン一族に見られる繊細な美しさを備えている。

噂によれば、彼女はレギアの二度目の妻で、子どもたちは彼女の子ではないという。彼女の奇妙な振る舞いは、きっと、そのせいなのだろう。ときどき、よそよそしいような傲慢(ごうまん)な態度をとるのだが、それさえなければ、彼女は魅力的だ。気が向けば、気楽によくしゃべる――ウォレス・シェルトンが正式のパーティーで、彼女をホステスにする理由がよくわかる。

彼女は文学、音楽、芸術を理解し、教育や学校について的確な意見を述べる。しかし、黙りこくって、一切人と口を利かないという手に負えない癖がある。今では、僕はそうなる前兆がわかる。宝石もちの彼女が、豪華なドレスに輝く宝石を身に着けている姿を見ると、まったく、ふりふりパンツの女神とは言いえて妙だと納得する。僕たちはたまにトランプゲームを楽しんだりするが、大抵は話をしたり、レコードを聴いたりする。レギア家のレコードは、いわゆる〝上品〟なものだ――オペラ、シンフォニー、変わったところでは、シンセサイザーのようなものなど。時々は、気分転換にロックンロールでもあればいいのだが。

書籍は、フィクション、旅行、ドキュメンタリーと素晴らしい本がずらりと並んでいる。それと、これまで目にしたこともないほど立派な畜産学のコレクションもある――ソールの専門分野。

しかし、彼らの会話を聞いていると、二人しか理解できないもう一つの意味があるような印象を受ける。まるで暗号で話しているようなのだ。どこか不気味だ。はっきりと説明できないが、たとえて言えば、セントラル・ハイランドの上空を覆う厚い雲の中を飛びながら、積雲の陰にウィルヘルム山が大きく構えているのはわかっているのだが、雲が晴れるまで山の姿は見えないというような感じだ。しかし、僕の視界を遮っているレギア家の雲は——もし、あれば——晴れはしないだろう……。

僕はレギアの家の残骸(ざんがい)を、つるはし、シャベル、鉄梃(かなてこ)などを交互に使って、一時間以上、精を出して調べた。見つかったのは、鏡の破片、ソファーの可動部分、割れた陶器、電気ストーブの一部分、ほとんど壊れているチョウ形の締め具、焦げた革、時計の断片、曲がった釘(くぎ)、ドアノブなど、役にたたないものばかりだ。

だが、おそらく、重要なのは、あるべきものがないということなのだ。この辺一帯は間違いなく、火事の後に捜索されているから、何も見落としたものはないと得心がいくまで、綿密に調べる必要がある。それはそうと、ここに火が回ったとき、ミュリエル・レギアは、シエルトンの屋敷にいたほかの女性たちと一緒にビリー・チャドの小谷を目指していて、自宅に戻る時間はなかった。ひょっとしたら、彼女が持っているとカラザスが言っていた宝石が見つかるかもしれないと思ったが、それらしいものは出てこなかった。

僕はレギアの家から、ランプと工具を携えて、牧場の店があったと思われる瓦礫(がれき)に向かっていった。カラザスは、いつもの彼の筆致でこの場所について書いている。

僕は、しばしば日が暮れてから店に行く。波型鉄板で作られた広い建物で、カウンターや棚が所狭しと並び、必要なものは何でも取り揃(そろ)えてある。ぜいたく品も手に入る。店の経営者であるサム・コーベットは黒髪の堅物で、ごまかしを見逃さない。金で態度を変えたりせず、たとえピン一ダースでも、買った品物と人名は全て元帳につける。店でビールと酒を仕入れるので、住民は店に集うのが習慣になっている。酒販売許可証がなくたって、皆でビールを飲んで楽しむだけだから、誰もビールの大量販売を調べに来たりはしない。

それは、結構楽しいひと時だ。おしゃべりに耳を傾けたり、飛び入り自由の討論に参加したり、界隈(かいわい)の荒っぽいが生きのいい冗談の応酬があったり、よかれあしかれ、互いに近づきになったり。

夜になると、たいていは、シェルトンとレギアの一族の者を除き、渓谷の住民は皆、店に立ち寄り、ひと時を過ごす。緑色の瞳(ひとみ)をいたずらっぽく輝かせたウィリアムズ兄弟が来れば、いつだって面白い。あまり姿は見せないがミュリエル・レギアがいるときは、彼らは必ず彼女に礼儀作法の押えどころについて質問を向ける。たとえば、女公爵の面前から優雅に退席するにはどうしたらいいか。彼らがもったいぶった調子で、問題となる表情、物腰をああかこうかとやって見せるのには、笑い出さずにはいられない。

先夜のこと、ジョージとテッドがビリー・チャドを捕まえて、ありもしない仕事のアドバイスを求めた。その間にフランクはビリーの背後にまわり、湿った短いホースに画鋲をつけて、彼のポケットに入れた。ほどなく、ズボンを通して画鋲がちくちくしだした。ビリーがポケットに手を入れて湿ったホースに触わると、黄色い目をしたヤギのような彼の顔が真っ青になった。「へび！」彼はものすごい声で叫んだ。そこで、ウィリアムズの三人は、彼を唆して鋭いナイフで大腿部を切開させようとしたが、すんでのところで悪ふざけだと気付かれた。

ビリー本人は、女性たちから見てすごくいい男だと思っている。ペラディン渓谷のレディーたちほどのきれいどころが勢ぞろいする場に立ち会えるなんて、人生にそうめったにあるものじゃないとかなんとか、女性たちを大げさに褒めそやす。女性たちは冷笑しつつも、害がないから喜んでいる。害があるのは、たぶん、ビリーの妻のヒルダだ。一昨晩のこと、ビリーが女たちにお世辞を言っている真っ最中、ヒルダが入口に現われた。彼女が奇妙な、何を考えているのかわからない一瞥を亭主にくれると、彼はへどもどとして、どもり始め、おやすみとつぶやいて、妻と一緒に出て行った。それを見ていたら、これまでの人生で、ビリーはヒルダを褒めてやったことがあるのだろうかと思った。

二人が出て行く姿を見送ると、パイロットのボブ・ミラーが僕を見て、にんまりと笑って言った。「ビリーは、とても役に立つ男さ。女なら誰しも、お前は世界一美しいと言われたい。だが、おおかたの亭主は、わざわざ言うまでもないことと思っている。ビリーは、我々亭主の尽きない苦しみを和らげてくれているのさ」

ボブの妻のベティーが、冗談を共に楽しむとは僕には思えないのだが……。


缶、割れた壜、黒ずんだ釘、錆付いたシャベルの刃、焦げ痕のついた斧の頭などのごみの山をひっくり返した――どれも、焼失した大牧場の店の残骸から出てきそうなガラクタばかりだ。僕は、鉄梃に、金網とフェンス用ワイヤのロールが溶けたものを絡ませて、ねじまがった石油缶と塗料とかオイル、テレピンが入っていた歪んだドラム缶をひっくり返した。店に火の手が回ったとき、ものすごい煙と火柱が上ったにちがいない。

それから、鉄梃を刺して探っていくと、何か硬いものに打ちつけたらしく、腕に突き上げるような鋭い衝撃を感じた。ランプをもっとそばに寄せて、草や小枝、厚く堆積している灰、砕けたガラス、ブリキの小片などを払いのけると、金庫の表面の輪郭が見えた。

それを土の中から取り出すのに、十分かかった。あまり大きな金庫ではないので、それほ

貸方		ポンド	シリング	ペンス
5月1日／56	残高	4	17	8
	給料	62	10	0

借方		ポンド	シリング	ペンス
5月2日／56	小麦粉１袋	1	9	2
	チョコレート（リンダ）		2	0
	漫画（ハリー）		1	9
	エプロン（妻）		7	10
	ウィスキーボトル１本	1	7	6
5月4日／56	アイリッシュ・シチュー缶４缶		18	0
	ブローチ１個	1	8	9
	靴１足（ドシー）	1	12	6
5月6日／56	ドレス一着（リンダ）	2	15	0
	ビール2容器		6	4

ど苦労しないでジープに積み込めた。だが、扉が火で溶接されているし、蝶番（ちょうつがい）がすっかり錆（さ）び付いている。扉が開かないどころか、ハンドルも動かない。そこで、キャンプに戻って、また、ランプをつけ、ハンマーと金属用たがねを使って金庫と格闘した。

午前二時、ついに扉が開き、中を覗（のぞ）き込んだ。火事の間、金庫は密閉されて灼熱（しゃくねつ）の状態だったにちがいなく、中身は、焦げて灰になっているだろうと思っていた。おそらく、軽く束ねた紙幣や書類を入れておく金庫だったのだろうが、入っていたのは大きくて重い本だ。しっかりした革表紙は熱にやられた形跡があるが、紙そのものは角が黒くなっているだけで無傷だった。

本は、カラザスが言っていた店の元帳だった。ペラディン渓谷の日々の生活が淡々とした簿記用語で記録されている。興味津々でページを繰っていった。たとえば、サンディー・グラハムと標題がついたページを考えてみる（図上）。

ウォレス・シェルトン

貸　方	ポンド	シリング	ペンス
9月1日／59　小切手で			
（八月勘定）	28	17	8
借　方	ポンド	シリング	ペンス
9月9日／59　タール　1樽	5	0	0
9月14日／59　巻きタバコ　3カートン			
（ミス・シェルトン）	3	15	0

という具合に、月の終わりまで続き、サンディー・グラハムは、六十七ポンド七シリング八ペンスから差し引き最終〆が十五シリング十一ペンスという、それほどでもない残高で終わっている。サンディーはかつかつの給料で暮らしていたのだ。

損益勘定のようなものは何も見つからなかったが、店は独立採算で経営されていたことを示す証拠があった。大牧場の経営者自身の名が、元帳に載せられているのだ。

サム・コーベット自身の標題もあって、見ると、彼の給料が七十五ポンドだったことがわかる。カラザスも顧客で、二つの勘定口を持っていた。一つは彼自身の、もう一つは学校用の勘定口だ。ウォレス・シェルトンと同様、彼は小切手による信用取り引きをしていた。

僕は、とある勘定に、多いに興味が湧いた。

月末に、ビリーは、かろうじて二シリング九ペンスの残高しかない。だが、当月の九日に、サム・コーベットは、ビリーの嵩（かさ）む一方の赤字を考えて、現金で清算させているのがはっきり読み取れる。ビリーがどこから現金を工面してきたのか、とても興味を惹（ひ）かれるところだ。

ウィリアム・チャド

貸　　方		ポンド	シリング	ペンス
4月1日／60	蜂蜜　キロ缶			
	2缶		15	0
	10ペニーウエイト			
	金		13	0
	カンガルーの皮			
	6枚	1	12	6
	各種皮　12枚	6	0	0
4月3日／60	レタス　2ダース		12	0
	アカシア樹皮			
	3束		15	0
4月9日／60	現金で	23	6	11
借　　方		ポンド	シリング	ペンス
4月3日／60	ダークプラグ　1リーブラ		12	10
	ダイナマイト　1ケース	7	18	0
	安全ヒューズ　10巻		18	9
	雷管　1箱	5	9	6
	化粧パウダー　1缶		4	8
4月4日／60	牛わき腹肉　1塊	2	0	0
	小麦粉　1袋	1	9	2
4月6日／60	シャツ　1枚	1	15	0
4月8日／60	防水着　ひと揃い	12	0	0
	拡大鏡　1個		7	6
	ビール　6瓶		19	0

〈各種皮十二枚〉というのも、疑問が湧く。ビリーはカンガルー六頭の皮に、一頭当たり五シリング五ペンスもらっているのだが、各種の皮に対しては十シリングもらっている。僕が推測するところ、ビリーと店は、法律で厳禁されているコアラの皮の取り引きに携わっていたのではないだろうか。それに、なぜ、ビリーはこれほどたくさんのダイナマイトを購入したのだろう？　店で行なわれていた取り引きについて、カラザスがもう少し詳しく記してくれればよかったのだが。

そこで、考えた。それがどうし

たというのだ、ハミルトン？　全てが興味深い仮説だが、そんなことがどこへつながる？　お前の問題——矛盾する証言、頭蓋骨(ずがいこつ)、ハンサムな老人とどう関連する？　とりわけ、火事の動機とどう関連する？

こう考えているうち、名案がひらめき、僕は元帳の最後の書き込みページを繰った。日付は、二月の火事の前日になっている。悲惨な運命を辿(たど)る人々の最後の買い物が、放火の方法と理由を解く鍵(かぎ)になるかもしれない。二月の最初のページはカラザスの名前になっている。個人のではなく、学校の勘定口座だが、日付は一九六一年二月七日で、火事の前日だ。とても奇妙なことに、カラザスは学校のために六ポンド十一シリング三ペンス借りている。

また、本筋からそれてしまうが、シェルトン家の財産は、この金額を徴収していたのだろうか？　ページを繰っていると、ジョージ・ウィリアムズが死んだとき、三五五ポンド十六シリング七ペンスもの預金を残している。弟のフランクとテッドも同じくらい残している。ウィリアムズ兄弟は派手なおふざけが大好きだったが、金銭には慎重だったのだ。

彼らの母親も、二月七日付けで預金を残しているが小額で、たった五ポンド三シリング四ペンスしかない。ざっと計算すると、サリーと息子たちが死んだとき、四人合わせて、九四二ポンド六シリングと十ペンスというかなりの預金を店に残していたのだ。たぶん、遺言は残していないだろう。もし遺言を書いていたとしても、相互にお金を残しあっているはずだ。

しかし、彼らに親類が一人もいないということもなさそうだ。その親類は、ウィリアムズが残していった分のお金を、シェルトンの財産から受け取ったのだろうか？

一人の男が知っている――シェルトンの会計士、アダム・クイントリーだ。元帳には、監査の結果正確である旨を記し、その下に緑のインクの彼のサインが規則的に現われる。実際、緑色の記入によれば、一九六一年一月三十一日に元帳を監査している。彼なら、元帳がなくても、牧場の店にいくら貸し、いくら借りているかを詳細につかんでいるだろう。だが、トリスト社から収集した報告書やほかの記録のどこにも、ウィリアムズ一家の親戚が遺産のようなものを受け取ったということを示すものはない。もし、そういう人物がいればの話だが。

時間の無駄だ、ハミルトン、僕は大きな声で自分に言った。そして、サム・コーベットの店の最後の仕入れ品を見ようとページを繰った。火事の前の週は、喉が渇く天候だったせいか、大量のビールを買っていた。だが、目を引かれたのは、二月七日付けの借り方の最後の記入だ。

二月七日／六一　　前貸し金　　二十ポンド

これを見て、気がついた。僕はページをあちこちめくって、細かくメモをとった。その結果、火事の前日、九人が店から前貸し金を受け取っていた。

ジョージ・ウィリアムズ	五ポンド
フランク・ウィリアムズ	五ポンド
テッド・ウィリアムズ	五ポンド
サリー・ウィリアムズ	五ポンド
ソール・レギア	五ポンド
ボブ・ミラー	二十ポンド
サム・コーベット	二十ポンド
パーシー・アンダースン	二十ポンド
サンディー・グラハム	二十ポンド

総計で一二五ポンド。これは、ペラディン渓谷のように人里離れた場所で、取り引きの全てが記帳されるようなところで、急に入用になる現金としては、相当大きな額だ。これほど広範囲に現金を必要とする理由は何だったのだろう？　僕の頭の中で、ローリー・コーベットが火をつけたという考えが再び生き返り、どうしても拭（ぬぐ）いきれない。等式に従えば――

（A＋B）＋C＝惨劇

僕の推論では、Cはローリー・コーベットだ。翌日、渓谷は破滅する予定だから、自分が再スタートをする資金のために、九人の人間に圧力をかけたのだ。常識では考えられない——少なくとも、名指された人間にとってはたまったものではない。九人のうち一人は彼の叔父だ。ローリーがほかの八人の誰かを脅していたのかどうか、僕にはわからない。サリー・ウィリアムズを除けば、皆、いつかどこかで彼を痛めつけたことがあった。

それから、僕は元帳の最後の記入を調べるという当初の目的を思い出し、改めて、二月一日から、順をおって見始めた。借り方の記入を精査して、たとえ関連が薄いものでも、火事に関係あるものは何でも、全て書き出した。結果は次のとおり。

ビリー・チャド

ダイナマイト、ヒューズ、雷管、拡大鏡——前からの勘定を見ると、ビリーはずいぶんたくさん拡大鏡を購入している、安全マッチ十二ダース、タバコ

ウィリアムズ家
灯油、カンテラ、タバコ、巻きタバコ用薄紙、ワックス・マッチ、灯芯(とうしん)、ろうそく、小ろうそく

ミラー家
懐中電灯、バッテリー、ろうそく、灯油、巻きタバコ、ライター用揮発油

グラハム家
灰皿、炉ぼうき、ろうそく、懐中電灯の球、安全マッチ、巻きタバコ、灯油

アンダースン家
かんしゃく玉——子どもの誕生日を祝ったとしか考えられない。変性アルコール、タバコ、ラード、懐中電灯、バッテリー、ろうそく

シェルトン家
巻きタバコ、懐中電灯用バッテリー、ワックス・マッチ(ワックスで固めた紙軸で製造したマッチ)、ろうそく、灯

油

コーベット家

圧力鍋、トースター、灯油、安全マッチ、タバコ、巻きタバコ

パット・カラザス

灯油——これは学校勘定

レギア家

タバコ、巻きタバコ、安全マッチ、ケーキ用平鍋十二個、灯油、懐中電灯、バッテリー

リストをよく調べて、害にならないもの、例えばタバコ、懐中電灯、バッテリー、ケーキ用平鍋などは横線を引いて消した。灯油やろうそくなど、ペラディン渓谷の人たちがほとんど全員、前の週に買ったようなものはそのままにしておいた。一年のこの暑い時期に、灯油の量があまりに多すぎるように思う。枯れ草に灯油を染み込ませ、マッチをすれば、文字通り火は一瞬にして燃え上がる。だが、灯油の使い道はほかにもある。ノミ、ダニ、マダニ、

ナンキンムシの退治にと万能薬なのだ。アリ退治にも使われる。たぶん、あの暑い週に、渓谷にアリが大量発生したにちがいない。ろうそくについて言えば、皆、通常の目的のために、買ったのだろうとしか思えない。

よく、わかった、ハミルトン、逆方向から検討してみたまえ。特有の品目——一つの家族しか買っていないものを書き出すのだ。再び、僕は、せっせとペンを走らせた。

ビリー・チャド

ダイナマイト、ヒューズ、雷管、拡大鏡

ウィリアムズ家

カンテラ、灯芯（とうしん）

ミラー家

ライター用揮発油

グラハム家

灰皿、炉ぼうき、懐中電灯の球

アンダースン家

かんしゃく玉――パーシーは子煩悩だった、変性アルコール、ラード

コーベット家

圧力鍋（あつりょくなべ）、トースター

レギア家

ケーキ用平鍋　十二個

最後のは、奇妙だ。ミュリエル・レギアは、たぶん、シェルトンのパーティーのために用意したのだろう。だが、火事の後、最初に渓谷に入ったジェームス・ヘンリー・プロクターの証言を思い出す。彼が検死官に提出した陳列品の中に、ひどく焦げたケーキ用平鍋が二つあった。ミスター・プロクターは保存に値するような鍋を見つけて、屋敷から持ってきたということも考えられる。だが、山火事を起こすのにケーキ用のブリキ鍋二個が使われたなど

とは、とうてい考えられない。

ビリー・チャドのダイナマイトは、もっと重要だ。だが、もし、ビリーが計画的に火をつけたとしたら、火に巻かれて死なないように充分に注意したはずだ。では、僕の考えはどうなる?

ワライカワセミが鳴いている。見上げると、いつの間にか夜が過ぎ去っていた。時間はあと二十分で五時になる。僕の意識は、疑問やら当て推量やらいたずらな推測で疲れ果て、ぼんやりしていた。元帳を金庫に入れると、溜め池に行って、夜通し考え詰めた顔のこわばりを洗い流し、缶ビールを飲んで、寝床に入った。苦もなく眠りについた。

7

目覚めると、風が吹きすさぶ空に、陽は高く昇っていた。小谷の木々は斜め上方から吹き付ける突風に時折震えるだけだが、断崖(だんがい)に立つ木々は、低く太い唸(うな)りを発しながら風に打たれている。北西風だ。こんな日は、必ず山火事警報が出るのだ。だが、ラジオをつけても、終始雑音交じりだった。

朝食後、在庫を確認した。ガソリンは十八キロリットル入りが四缶に、オイル四・五リットル。缶ビールとフルーツジュース缶が各十七本ずつ。小麦粉は充分だが、肉の缶詰と野菜はちょっと足りない。塩、胡椒(こしょう)はたっぷり、砂糖は切れそうだ。だが、あと一週間なんとか頑張ってから、仕入れることにした。

僕は、元帳の各ページ各品目を克明に、早く調べなくては、という気持ちの焦りを抑えた。孵化(ふか)させるのだ、ハミルトン、自分に言って聞かせた。ほかの事を考えて放っておけば、光の橋が架かるかもしれない。

　僕は、ハンサムな老人が車を隠している場所を、渓谷中探して回ろうかと考えた。老人の正体を知る手がかりが何か見つかるかもしれない。だが、その考えも念頭から追い払った。それは僕の目的の本筋ではない。

　結局、ジープに乗り込み、屋敷があった場所に向かった。小谷を出ると、北西から熱い風が叩(たた)きつけるように吹き付けた。いやな前触れだ。空には塗りつけたような巻雲があり、草はからからに干上がっている。ユーカリの葉が硬いスレートのように見えた。わずかな火花でも渓谷に火がつきそうなので、ジープを停め、排気口が草と接触しないように、古い板石を敷いた通りを確認した。

　店があった場所へ行き、しばし、足をとめ、金庫が埋まっていた穴を覗(のぞ)き込んだ。何もなかった。それから、きっとここにあるはずのものを探して、ガラクタを押し分けていった。

　繁茂した雑草の中から、四本の熊手の頭を見つけた。間違いなく、店にあった庭道具の在庫品だ。三本は熱で歪(ゆが)んでねじれて、使いものにならないが、残りの一本は、錆(さ)びて黒くなっているものの原型を留めている。

　次に、釘(くぎ)を探した。ちょっと腰を下ろした、ちょうどその場所に釘の箱詰めが置かれていたらしく、長いの、短いの、太いの、細いの、山ほどあってよりどりみどりだ。焼けた跡があったり、錆(さ)びて曲がったりしているが、ハンマーで強く打ちつけても充分使えるものがたくさんある。長い釘(くぎ)をポケットいっぱいに詰めこむと、使える熊手(くまで)の頭をジープに入れて、キャンプに戻った。あまりに風が強く吹き付けるので、僕は小谷の壁の間に避難した。熊手の頭に、細い若木を切断してこしらえた柄をくくりつけ、店で拾ってきた釘でとめた。

次に、チャドの家があった場所で、大きめのガラクタを押したり、引っ張ったりして取り払い、熊手を使って、草が生い茂っている固い地面を引っかいた。一時間ほど掘り起こし、割れた陶器類、錆びついた缶詰や大量のボルトやナットを拾い集めた。そのほかに出てきたのは、割れていない壜(びん)が二本、そもそもはヘアオイルが入っていたものだ。ドアノブ二個、ひどくひびの入った陶磁器製の人形の頭、ハンマーの頭、曲がったテーブルナイフ四本、フォーク三本にスプーン一本、三ペンス白銅貨、二シリング銅貨に五セント白銅貨、いじりまわす事ができないほど熱で歪(ゆが)み、錆ついた知恵の輪、ウサギの罠(わな)三個、柵(さく)用針金でこしらえた珍妙な仕掛け四個。これは動物の皮を伸ばして乾燥させるために使ったのだろう。そして、銃身二十二ミリの小ライフル銃。

火事なのに、ペラディン渓谷で暮らした十五年か二十年の生活の跡はあまり見られなかった。そして、そろそろ切り上げようとして、熊手を引いたとき、カタカタと音がして小さなものが先に引っかかった。最初は、またコインだと思ったが、銅貨や白銅貨にしては大きすぎるし、厚みがある。それに泥と緑青が付着しているが、両面の彫刻模様が、金の模様とはまるで違っている。

半時間かけて懸命に、円形の表面の汚れを落とした。真鍮製(しんちゅうせい)で、端にあいた穴に細い鎖が通っている。チャームかメダルではないだろうか。

表面なのか裏面なのかはわからないが、矢に貫かれた二つのハートの模様を囲むようにこう刻まれている。「歌え、二人の愛を、心ときめかせて、死が二人を分かつまで、君は僕のもの」歯の浮くような詩で、僕の心はたいしてときめかない。

もう片面にはこう刻まれている。

ヒルダへ

ビリーより

いつも君のそばにいる証(あかし)に

饒舌(じょうぜつ)でヤギのような顔をした田舎男と、神を深く信じ、エプソム塩の効力を信じる不可解な婦人との間にもロマンスがあったというわけだ。だが、たぶん、ロマンスはすぐに消え失せたのだろう。刻まれた言葉が、何か細いもので傷つけられているからだ。家が焼け落ちるときに傷が付いたという可能性もあるが。かわいそうに、ヒルダ・チャドは身に付けてみても、なんだか落ち着かなかったのだと思う。

僕は予備の文房具から封筒を一枚取り出すと、チャドと表書きして、コイン数枚とチャームを中に入れた。封をして、パット・カラザスの時計と一緒に片付けた。これら数点の思い出の品を、生き残ったチャドの家族に無事に渡せるときがいつか来るだろう。

時計を見ると、三時を少し過ぎている。自身の労をねぎらってビールを一本飲んでから、熊手（くまで）を携えて、ぶらぶらと学校へ向かって歩いていった。あいかわらず風は強く、奇妙にどんよりと青い空から、太陽がすばやく顔を覗（のぞ）かせた。不安な思いで、北西の地平線を見やると、煙の影はどこにも見えないので胸を撫（な）で下ろした。今のところ、山間部のどこにも火が出ていないらしい。

僕は学校の敷地内にあるガラクタを四苦八苦して取り払うと、熊手を使って仕事にとりかかった。予想どおりのものが出てきた。机の蝶番（ちょうつがい）と腕木、ねじ曲がったコンパス、三角定規、ペンホルダー、割れたインク壺（つぼ）、旧式のペン先、曲がったスチール製定規。それから、虫眼鏡のフレームと柄が出てきた。これを見て、チャドのところにも同様のものがあってもよさそうなのにと思った。ビリーは、調査旅行に使うため、よく虫眼鏡を購入していたのだ。

さらに熊手でかいていると、真鍮製（しんちゅうせい）のダイヤ形のものが引っかかった。ビリー・チャドのチャームにあった穴と同様、端に穴がある。ポケットナイフを開いて泥をこそげ落とすと、これもまた、愛の記念品らしきものだった。表面の矢が刺さったハートの図柄の周りをきれいにすると、チャドのものとまったく同じだとわかった。だが、裏面に刻まれた言葉は違っていた。

ささやかなことにも胸躍らせる
弱虫で移り気な君
僕からは逃げられない

普通に考えれば、これは、カラザスが生徒と逃げたとき、子どもの机の中にあったものだ。歳が上の方の生徒にちがいない。他の地方や都市では、ハート型のキャンディーに、〝あなたが大好き〟とか、〝あなたは僕の心の喜び〟などといった感傷的な言葉を刻んだ、カンヴァーセイション・キャンディーと呼ばれるものがはやったが、たぶん、ペラディン渓谷では、この真鍮のメダルやこれに似たようなものが出回ったのだろう。だが、カラザスの手紙には一度も、この真鍮のメダルのことは書かれていなかった。

だが、次に発見したものについては書いていた。銀色の直径十五センチの平たい円形で、表にこう書かれている。

贈
ペラディン渓谷スクール
W・シェルトン

スチュアート、小さい子は数人しかいないが、だからといって、都会の子どもたちほど学校が重要でないというわけではない。そこで、僕は冠位方式を設けた。冠位は、シェルトンとレギアの二つだけだ。ウォレスは試験の成果をねぎらい、盾形の記章を贈呈してくれた。ハート形の中央にある美しい銀色の円の中に、ユーカリの木の模様が付いている。彼は必要とあれば、優勝したものの名を刻んだ小さな記章も出してくれるだろう……。

たぶん、二冠位のコンテストは、名乗りを上げた者たちの競争心を大いに煽（あお）ったことだろう。

学校の西端に向かって、熊手（くまで）を動かしていった。熱風に晒（さら）されて体がほてる。風で舞い上がった土煙が吹き飛んでいく。僕は、人里はなれたペラディン渓谷に封じ込められた生活、孤立状態によって倍増する愛憎について考えた。思うに、人間にとって限られた者たちだけで生活するのはいいことではない。人には変化が不可欠で、新顔、新たな係争、これまでになかった問題が必要なのだ。ペラディン渓谷は、長きに渡って同じことだけを考えてきた単調さのせいで、おかしくなってしまった——。

鋭い爆発が起きた。熊手がねじれるように手元からはじけ、三メートルほど吹っ飛んだ。誰かに狙(ねら)い撃ちされている、そう思った僕は、崩壊した煙突の陰に急いで身を隠した。そのとき、地面にあいた小さな穴から、まだ、一筋の土ぼこりが巻き上がっているのを見て、うすうす真相がわかった。僕は、再び、もといた場所に戻った。

穴を一かきして、熊手を置いた。四つん這(ば)いになって、周囲に目を凝らした。穴の左方五十センチあたりの地面から、小さなシリンダーの一部分が出ているのが見えた。高さ約六センチ、直径六ミリくらい、汚れに付着した緑青の間に見える銅色の鈍い輝きから、それは雷管だとわかった。

それをつかもうとして手を伸ばしたが、引っこめた。雷管には、一平方センチメートルあたり四十キロに圧搾した起爆剤のベルトが付いている。それは古くなるほど、不安定になる。ほんの少し触れただけで、僕の手から熊手をはじきとばすほどなのだ。

だから、二つ目の雷管には触らなかった。その場所に目星をつけると、後退して、大きい石を一抱え分集め、十メートル離れたところから雷管めがけて石を投げつけた。四投目で当たった。激しい爆発音がして、当たった石が二十メートルほど吹っ飛んだ。

次の瞬間、僕は慌てふためいて前方へ駆け出した。爆発で、草の房に火がついたのだ。風に煽られてぱちぱち音を立てながら、次々と草に飛び火していく。

スチュアート・ハミルトン、選択の余地なく二年の刑！

枝を折って、叩き消す余裕もない。僕は自ら燃える草の中に踏み入り、帽子で炎を叩き消したり、足で踏んだりした。もはや手におえないのではと思いながら、数分間死に物狂いで消火につとめた結果、どうにか鎮火した。そのあと数分かけて、煙の出ている草を踏みつけ、燻ぶっている草の房に両手いっぱいの砂をかけた。

もう火の粉はまったく残っていないことを確認すると、熱い空気を深々と吸い、酷使した帽子を調べて、頭にのせた。もう、充分に探した——差し当たって今のところは。太陽は不気味に燃えながら沈みかけている。風に激しくもまれるように揺すぶられ、泣きわめくような音を立てている木々。西側の断崖の岩が歪み、茶色の壁が崩れ落ちそうに見える。渓谷の南方をみやると、まるで刑務所の庭のようにだだっ広く、一面黄色味を帯びて延びている。

学校に雷管がある？　雷管とダイナマイトを購入したのは、教師のパット・カラザスではなく、ビリー・チャドだ。さらに、僕が爆発させた二つの雷管は、火事の間は学校になかったものだ。そうでなければ、熱で爆発しているはずだ。また解けない疑問が出てきた。とはいえ、なぜ火事が異常な形で発生したかに対する答えはわかったような気がする。点火雷管と導火線をつくり、枯れ草の塊の中に置く。うまく予定時刻に爆発するように仕掛け、雷管が爆発する。すると、そら、火が——いや、もう、火事は進行中だった。

だが、どうやって導火線に火をつける？　導火線の端に太陽光線が集まるように虫眼鏡をセットしておいたのか？　それは可能だと思うが、考えてみれば、火事のあった日は、火の手が上がる前から、渓谷はものすごい煙だったのだ。

虫眼鏡は問題外だ。それでは、なんだ？　この問題はあきらめた。僕はキャンプに戻ると、銀の盾形記章とダイヤモンド型のメダルを他の発掘品と一緒にして、片付けた。溜め池で体を洗い、簡単な食事をしてから、ランプを灯し、腰を据えて元帳を開いた。

爆薬を購入した客はビリー・チャドだけだったような気がして、ペラディン渓谷の最後の二年間の勘定を逐一調べて見ると、そのとおりだった。牧場が、ダイナマイトを使って丸太や切り株を吹き飛ばしたり、スイミングプールを建てるために岩に発破をかけたりしたのは間違いないのだが、元帳にはなんの記録も残っていない。パット・カラザスは爆薬など全然買っていない——少なくとも、牧場の店からは。

火事の前日の最後の勘定を詳細に調べてみると、昨夜疲れすぎていて気がつかなかった大事なことを発見した。現金の前貸しを記した手書き文字は、これまでの書き込み文字と違っている！

決して見間違いではない。筆跡の違いは明らかで、数も非常に多い。

自分で作った前貸しの一覧表に注目した。

ジョージ・ウィリアムズ	五ポンド
フランク・ウィリアムズ	五ポンド
テッド・ウィリアムズ	五ポンド
サリー・ウィリアムズ	五ポンド
ソール・レギア	五ポンド
ボブ・ミラー	二十ポンド
サム・コーベット	二十ポンド
パーシー・アンダースン	二十ポンド
サンディー・グラハム	二十ポンド

サム・コーベットは店を預かっていた。〈サムは……黒髪の堅物で、ごまかしを見逃さな

い〉とカラザスは書いていた。もし、サムが現金の記帳をしなかったのなら、それができた唯一の人間は彼の妻のエミリーだ。ペラディン渓谷の男たちが、夫人に内密に現金の前貸しを頼んだとは、とても思えない——秘密にしたいのなら、そんなことはしない。それでは、名前を他の名前に変えて記入していたとしたら？　仮に、一覧表をこう読み替えたとしたら——。

サリー・ウィリアムズ　二十ポンド
ミュリエル・レギア　二十ポンド
ベティー・ミラー　二十ポンド
エミリー・コーベット　二十ポンド
マール・アンダースン　二十ポンド
ジョーン・グラハム　二十ポンド

カラザスの言い方を借りれば、何かがおぼろげに見えてきた。だが、エミリー・コーベットが、前貸しをするために店の予備の現金を盗んでいたと仮定すると、彼女はどうやって処理しようと思ったのか？　後でサムが勘定をチェックしたときに気がつくはずだ。彼が気付かなくても、炯眼の監査役アダム・クイントリーは決して見逃さないだろう。

留意すべきは、次の日に火事になり、勘定が全部帳消しになったことだ——何人かは生き残ったが。しかし、大量殺人が、多少の不審な書き込みを消すだけのためになされたとは、簡単には信じられない。それでも、人間の意志によって、慎重になされたということは間違いないと思う。

また、カラザスの手紙を思い出す。

スチュアート、もし、昨夜の店に君もいれば、シニカルな君はとても楽しめただろう。その場面を描写してみる。当然のことながら、カウンターの中にサムがいて、エミリーもいた。目立たない薄暗い隅に浅ましいローリーがいて、目を光らせていた。年若いアラナ・コーベットもいた。

店に来ていたのはウィリアムズ兄弟と母親。サンディーとジョーン・グラハムに三人の子どもたち、ボブ・ミラーとベティーと四人の子どもたち、ギルバート・レギアと妹のティナ、マール・アンダースンと三人の子どもたち、だが、旦那のパーシーはいなかった。

大人たちはあれこれ和やかに歓談しながらビールを、子どもたちは清涼飲料水を飲んでいて、サムは勘定の計算に忙しかった。

やがて、パーシーが入ってきた。六角形のアコーディオンのようなコンサーティーナを携えていたから、皆には、彼が一頭立て軽二輪馬車を走らせて来たことがわかった。ブロンドの美人のマールはばつが悪そうに顔を赤くし、青い瞳（ひとみ）に暗澹（あんたん）とした色が浮かんだように見えた。三人の子どもたちは自分たちの父親を盗み見し、それから、どう思っているのかなという感じで、僕の方をちらりと見たのがわかった。

パーシーは誰にも気を留めなかった。彼は中央のカウンターの上に登ると、壁に背中を預けて座り、賛美歌の旋律をひき始めた。目を閉じて奏でる曲は美しく、彼は自分だけの夢の世界にいるように見えた。

僕たちは次第にくつろぎを取り戻し、パーシーの旋律をバックミュージックにおしゃべりしたり飲んだりしていた。ウォレス・シェルトンが入ってきて、パーシーを見ると、もの悲しげに頭を横に振り、なにやら買って出て行った。パーシーは演奏を続けていたが、マールの顔の紅潮は消えず、子どもたちのびくびく感もそのままだ。

突如、がらりと演奏が変わった。パーシーは速いテンポで激しく演奏し、店内は騒然とした。だが、このときも、彼は自分がどこにいるのかわかっていないように見えた。

その真っ只中に、ビリー・チャヤドが入ってきた。ビリーはこの二週間渓谷を離れ、踏査やミツバチの捕獲、野犬の狩猟のため山岳地帯に行っていた。奥地に入り、原地人と同じ生活を送るときのビリーは、恐ろしいほどひげは伸び、手は垢じみて、髪はもつれている。着ているものは、まるで畜牛舎のなかを這いずり回ったような有様だ。ひどく汚い年取った雄ヤギそっくりで、きっと、そんな臭いもした。

彼は叫び声をあげて見物していたが、パーシーの音楽にあわせて跳ね回り始めた。気が触れたような敏活な動きは尋常ではなく、見ものだった。そこへ、入口に現われたのがよりによってミュリエル・レギアだったから傑作だ。うるさいとえらくご立腹だ。彼女が何を言っているのか僕にはよく聞こえなかったが、ブタだの、ひとでなしだの、ほかにも不愉快な言葉は聞こえた。

パーシーは気に留めなかったが、ビリーはにっと笑うと、彼女に飛びついてぎゅーと抱きしめて店中を踊りまわった。彼女は抵抗したが、彼は大声で笑うばかりで、ひげを彼女の頬にこすりつけた。彼女は顔色を失い、抵抗しなかった。彼女は気を失いかけていると思った僕は、ビリーの方に行こうとした。

だが、数歩進んだとき、ジョージ・ウィリアムズが僕の片腕をつかみ、弟のテッドがもう一方の腕をつかんだ。

「ほっとけ、パット」ジョージは言った。「わがまま女にちゃんと相手させろ。やっと、あの女をへこませたんだ」

そのとき、スチュアート、僕は、異様でショックなことに気がついたんだ。先にも書いたように、ギルバートとティナは店にいた。二人は目立たなかったが、ただ無表情な目で見ているだけだった。自分たちの義理の母にまったく関心がないように思えた。

気が触れたようなダンスはしばらく続いたが、やっぱりパーシーは全部気がついていたのだ。突然、コンサーティーナを投げ出すと、両手でビリーを激しく攻撃した。誰も止めに入らなかった。ミュリエルが店から飛び出していき、ビリーは自分の汚い身なりに気がついた。彼はたわごとを言ってわめいたりしたが、パーシーは無言だった。彼はあらゆる方法でビリーを殴りつけたあげく、引っつかんでドアから放り出そうとした。ビリーがいなくなろうとするまさにそのとき、ヒルダ・チャドが入ってきて、店内に戸惑いの空気が走った。

「ありがとう」彼女はパーシーに言った。「そろそろ、誰かがあの人に焼きを入れるべきなのよ。ほかの人でなしたちにもね」

そして、彼女も出て行った。パーシーはコンサーティーナをとり上げると、妻に腕を差し出し、子どもたちに向かって頷（うなず）いた。

「帰ろう」彼はそう言うと、家族は出て行った。奇妙だが堂々たる退場といえるだろう。

残っていた我々は、なんとなくこそこそと店を出たのだが、僕はあのダンスを止めるべきだった……。

ビリー・チャドの小谷で、もう一度この手紙を読むと、カラザスが仲裁すべきだったかどうかなどということより、ヒルダが言った〝ほかの人でなしたち〟という言葉に隠された意味を考えてみた。

ペラディン渓谷の女性たちにとっての困り者は、ビリー・チャドだけではなかったのだ……。

気がつくと、あたりはしんと静まり返っていた。風は落ち、ランプの周りには無数の虫が飛び交っている。視線を上げて、葉の間から見える星々の輝きではなく、暗闇（くらやみ）の方を見つめた。じっと眺めていると、稲妻が夜空を引き裂き、荒涼とした木々の上方を、北から大きな嵐雲（あらしぐも）が流れを乱しながら、ゆっくりとテントの真上に動いてくるのが見えた。

稲妻の五秒後に雷鳴がとどろいた。僕は敏速に動いて、全てのものにカバーをかけ、控え綱を緩めて、ジープの覆いを下ろした。最後に、溝と土手を見やり、きっと来る猛烈な突風に結び目が耐えられるかどうかを確認した。

テントの中に横たわると、ガスランプを消して、小さな電池式の灯りをつけた。嵐はまばゆくぴかっとひかる稲妻に中断され、雷鳴は、まるで渓谷全体をもてあそぶように地面を揺らした。僕はテントの中で起き上がり、目を開き、音を聞き、僕とカラザスがオーウェンスタンレーで遭遇した嵐のことを考えていた。すさまじい稲妻の中で輝いていた彼の瞳と黒く見える顔のそばかす。彼の思い出が、そこで終わればよかったのにと願わずにはいられなかった。

激しい序章が去ると、降りだした雨が、稲妻にベールをかけ、雷鳴を包み込んだ。風が吹き付けて、屋幕が鞭のように鋭い音をたて、テントが震えた。だが、何もはずれはしなかった。テントが暴風に耐えられることがわかると、僕は垂れをしっかり下ろして、椅子に座り、カラザスの手紙と写真について考えた。

……ブロンドの美人のマールはばつが悪そうに顔を赤くし……。

スライド試写装置を取り出してから、スライドの箱の中を探した。目的のものを見つけて、装置に差しこんだ。ああ、写っている。パーシー・アンダースン、小柄で髪が黒く、悩んだ表情をしている。それにマールと三人の子どもたち。

彼女はブロンドで、そう、確かに美しい。それに、微笑んでいる。以前、特別区にいたときによく見たときのことを思い浮かべながら、僕はもう一度、厳しい目で見た。もう一枚写した。

……ボブの妻のベティは魅力的で、ブルネットの美人……。

彼らのスライドを写す。パイロットのボブ・ミラー、妻のベティと四人の子どもたち。ミラーは体が大きく、いかり肩で、がっしりとしたあごをしている。四人の子どもたちは、どこでも見かける感じの子で、ベティ・ミラーはおそらく、カラザスの描写どおりといっていいだろう。僕も確かに彼女は美人だと思う。しかし、微笑んでいるにもかかわらず、彼女の目の中には、マール・アンダースンと同じものが浮かんでいる。

しばし、重く物憂い雨音に耳を傾け、風に堪える垂れを見つめた。それから、ミラー一家のスライドをはずして、ウィリアムズの一家に代えた。そのあと、レギア一家、グラハム一家、それからコーベット一家、そして最後にチャドの一家と見ていった。

自分は間違っていないと確信した。特別区でスライドを見たときの解釈は間違っていなかったのだ。これらは全部家族写真で、カラザスがカメラの後ろに立ち「にっこり笑って」とか「はい、チーズ」といって撮ったものだ。緊張の一瞬、皆、少し固くなっていて、女性たちの目には隠された恐怖が浮かんでいる。
その表情を明確に説明できないが、恐れていることは見ればわかる。それはミュリエル・レギアに一番よく現われている。

……以前にも君に書いたと思うが、ミュリエルはすらりと背が高く、優雅で、シェルトン一族に見られる繊細な美しさを備えている……。

彼女の目は、苦悩を抱えた女性の目をしている。ペラディン渓谷の女性たちは恐れていた。彼女たちが恐れていたものを知ることができれば。カラザスにはもっと率直に書いてほしかった。隣人の弱点をあっさり避けて通らなければよかったのにと思う。
僕はとても疲れていて、頭が巡らなくなっていた。きれいにあと片付けして、ベッドに入り、風と雨の音を聞いた。眠りに落ちようとするとき、別の手紙を思い出した。だが、あまりに眠く、起きて読もうとする気にさえならなかった。

8

夜が明けると、爽やかで、すがすがしい日だった。生まれたてのような真っ青な空に浮かんだふわふわの雲が、南から吹くそよ風に乗って軽やかに動いて行く。雨に洗われて青々とした木立では、スズドリが声を合わせてさえずり、小川が土手を洗う音、小谷の水源から絶え間なく小川に注ぎ込む水の音も聞こえた。

今朝は、バスタブを使わなかった。断崖から落ちる水が陽にきらめきながら、緩やかな弓形を描いて、小川に突っ込んでくる。その下に立って、シャワー代わりにすると最高だった。山からの水はひやっとして、肌がぴりぴりした。

こんなすかっとした日には、とっておきの朝食を作ることにした。厚くてふわふわした小型のパンを焼き、マーマレードの缶を熱湯で温めた。黄金色のパンの一つ一つに熱々のジャムをのせ、溶けるチーズを飾った。あわせて、渋くて甘い紅茶を二杯。仕上げに、タバコに火をつけ、満ちたりた気分で小谷を眺め回した。
パット・カラザスにはよく、僕はひどい消化不良で死ぬだろうと言われたものだ。朝食後、胃痛の兆しはまったくなかったが、彼の警告を思い出したら、昨夜寝入りばなに脳裏をよぎった手紙を思い付いた。手紙を取り出した。

親愛なるスチュアート
今は日曜の昼下がりだ。太陽はさんさんと輝き、鳥はさえずり、子どもたちは道端で遊んでいるというのに、僕はベッドで寝たきりだ。両膝（りょうひざ）の上に枕（まくら）をのせ、その上に落ちないようにポータブルタイプライターを置いている。タイプを打つときには、足の平を長枕に押し付けて、滑り落ちないようにしていなければならない。
僕は大変な目にあった。金曜の夜、ウォレス・シェルトン、ソール・レギア、ボブ・ミラーは牧場の仕事のため、ヘリコプターでメルボルンへ飛んだ。帰ってくるのは月曜日だという。この件にはあまり関係ないが、ビリー・チャドも、踏査やハチの巣採集、野犬の狩猟に出かけた。
猫のいぬ間にねずみは遊ぶで、男たちは、なにやらひどい悪さをすることにした。なんとも奇妙なことに、アダム・クイントリーまで仲間に入っていた。僕も一緒に行くつもりだったのかって？　僕は、一体何をやるのか知りたかったのだ。謎めいた頷きやにやにや笑い、女たちに悪さを気付かれないようにと言われるだけで、それ以上のことはわからなかった。

ウィリアムズ兄弟のやんちゃな目つきから察して、酒を飲んでの馬鹿騒ぎかと思ったが、この辺境の地のどこで酒を調達するのだろう。とんでもないワルのローリーも、彼の希望の有無に関係なく、行くということだけはわかった。男たちは、女性群の中にローリーを一人放してはおけなかったのだ。

土曜の朝、僕は早く起きたが、ひどい腹痛で、ほとんど朝食を口にできなかった。痛みが少しもおさまらない上に、吐き気も襲ってきて、遠出するなど論外だった。

僕の看病をするため、アダム・クイントリーが家に残ってくれた。そうしてくれて僕はほっとした。女性がそばにいて欲しくない時ってあるだろう。彼のおかげで、気まずい思いをしてミュリエル・レギアやサリー・ウィリアムズ、他の女性に看病してもらわなくて済んだ。

腹痛と吐き気は、朝から夜まで終日続いたが、やがて治まり、少し眠った。今日も腹がひどく痛むが、回復しつつある。何が原因かはわからない。虫垂炎は、もうずっと以前にやっている。

だが、この出来事は、シェルトンとハリエット以外にはいつもむっつりとして寡黙なアダム・クイントリーをよく知るいい機会になった。僕の具合が比較的よい時に見せた彼の表情は、とても愛想がよかった。やはり、重病人の看病には、ちゃんとした奴の手が必要だ。

僕は彼に聞いてみた。どうしてペラディン渓谷のようなところで、時間と才能を無駄にするのかと。答えは、金だった。ウォレス・シェルトンと手を組めば儲かるし、ひいてはメルボルンでの大口の仕事につながるのだという。それから、彼は僕に問い返した。君はペラディン渓谷で何をしているのだ？

これは難しい質問だった。本質は都会派の人間が、しばりのない場所ときれいな空気の中で、自身の考え方を伸ばす時間と機会をぜひ持ちたいという気持ちを、どう話せばいいだろう？　沈黙の必要性をどう説明したらいいだろう？

彼はちょっと苦々しい笑いを浮かべて、君はシェルトンの狂気にやられていると言った。僕はその意味を、僕とシェルトンはずいぶん似ていると受け取った。僕は思い切って言った。僕の狂気はシェルトン一族のものとまったく同じではない。僕の一族には、カラザスはカラザスと結婚すべしという不文律はないと。

この発言に対して、彼が何らかの反応をみせるにちがいないと思ったが、いたって落ち着いたものだった。当然、彼はシェルトン一族の結婚方針の全てを知っているということだ。彼は問い返した。それのどこが悪いのか。自分たち一族に代々引き継ぐべき優れた資質があると思えば、血族結婚は手堅いやり方だ、怒りが自分たちに向けられるような集団に参加しないかぎりは。彼はさらに続けた。実際、すべての結婚の裏にはそういう知恵があるもので、大方は、シェルトン一族のやり方ほど洗練されてはいないだけだ。

それから、彼は驚くようなことを言った。「思うに、私がウォレスからこの話を聞かされたのと同じ理由で、君も聞かされたのだ――ハリエットには手を出すなと言っているんだ」

シェルトン一族のやり方は偶然に知ったと言えなかった僕は、話をそらせ、ウォレスは本当にそう言いたいのかと質問した。

「もちろんだ」アダムは言った。「それは間違いない。それで、君はハリエットをどう思う？　妻として、という意味だが。考え方を共有し、同じ空気を吸い、肉体を愛でる女性として、君はこれからの人生をそうしたいと望むかね？　そういう点から鑑みて、君は彼女をどう思う、カラザス？」

僕は正直言って驚いたが、古典ギリシャ語がわかるか、彼に逆質問してやった。

「まったく、ちんぷんかんぷん」彼は言った。「だが、ハリエットのことならわかる」

「それじゃ、あの叩きつけるようにドアを閉めるのはどう思う?」

「直るさ」

彼は、ソール・レギアがどの牛に種付けするかを話すように、彼女のことを話し続け、こう締めくくった。「ハリエットは狂っているだろ。だが、望めば、私は彼女を手に入れることができる……」

追伸　男たちは、目を赤くして、へとへとになって帰ってきたらしい。ローリー・コーベットは、目の周りに黒あざをつくり、鼻は腫れ、唇は切れていたという。いつものように、殴られていた……。

火災の後、アダム・クイントリーがハリエット・シェルトンを手に入れることにしたのは明らかだ。しかし、この手紙の中で最も興味を引くのは、カラザスの病気だ。二ヵ月後の手紙にも、ほとんど同じ状況下で、似たような腹痛に襲われたことを書いている。シェルトン、父親のレギアとミラーが、ヘリコプターでメルボルンへ行っている間に、再び男たちは羽目をはずす小旅行を計画した。カラザスは痛みでもだえ苦しみ、参加できなかった。

……この腹痛をどう理解したらいいのだろう、スチュアート。もう一度、痛みがきたら、医者に診てもらわなければならない。念のためにレントゲンをとってみる。きっと、何でもなく、すぐ元気になれるだろう……。

かわいそうに、彼はそのレントゲンを受けられなかった。僕の推測では、レントゲンをとったところで、まったく異常なしと言われただけだろう。僕が今、彼はペラディン渓谷の途方もない陰謀の犠牲者なのではと疑念を抱き始めているように、きっと、彼も疑っていたにちがいない。

アダム・クイントリーやギルバート・レギア、あるいはウィリアムズ兄弟の誰かがこう言うのが耳に聞こえるようだ。「週末にちょっと面白いことをやりに行くぞ、パット。親方たちは遠くへ出払うから、おれ達は家の中でちょっとしたゲームをやるのさ。君も行くかい？」そして、土曜の朝、彼らはカラザスが腹痛で行けないようにするため、彼の朝食に何かを混ぜる。彼は、自分が同行するのを引き止めようとしているなんて思いもよらない。彼らの意図は、確実に、彼に事の次第を悟られないようにすることなのだ。

だが、シェルトンとソール・レギア、ボブ・ミラーのタイムリーな出発は、陰謀の一部だったのだろうか？　それはそうと、陰謀とは何だ？　再び、何かがおぼろげに見えてきたが、霧はあまりに深く、輪郭も実態もつかむことはできなかった。

二度目の病気の発作を記してきた手紙がある。

……木曜の夜、ここで、ちょっとした騒ぎがあった。正確には金曜の朝のこと、柵に囲って放牧していた約二千頭の雄の子牛がいっせいに逃げ出したのだ。暗闇の中の何かにひどく怯えたらしく、ものすごい勢いで渓谷を突進していった。

僕は轟音で目が覚めた。夜の静寂の中に響き渡る子牛の大群の音は、すさまじかった。男たちが、何か手立てを講じようと大急ぎで外に飛び出し、馬に鞍をおいて駆け出した時には、危機は過ぎていた。子牛の群れは、渓谷の中心部に渡っているフェンスに行き詰まり、進軍不可能になったのだ——そのフェンスは象の群れを阻止するものだ。

猛突進で十五頭が死に、十頭が重傷のため銃殺された。ソール・レギアは激怒し、このパニックを引き起こした犯人を見つけ出そうとした。誰もがローリー・コーベットを疑い、何の証拠もなかったにもかかわらず、彼ならやりかねないというだけで彼を殴りつけた。

この後処理でひとつ驚いたことがある。僕は、一刻も早く皆でビーフを食べるのかと期待していたが、まるで違った。死んだ子牛は焼却された。不思議にも……。

この手紙を読んでいると、何度か胸がざわついて苦しくなる。重大な情報が含まれているという強い感覚にとらわれるのだ。核心をつかんだような気がするのだが、次の瞬間には、おぼつかなくなる。核心を喚起させてくれる言葉や言い回しを突き止めることができないのだ。

爽やかな朝に、スズドリがティン—ティーン—ティン—ティーンと歓喜の歌を歌っている。時間は、あと十五分で九時になる。そろそろ、また仕事を始める時間だ。カラザスの手紙をしまうと、ジープに飛び乗ってウィリアムズの家に向かった。仕事にとりかかる前に、二、三分かけて、この家の間取り図を描いた。まず正面玄関があって、その横に居間とサリー・ウィリアムズの寝室。キッチンと、弟たちフランクとテッドの共同寝室、裏のベランダの片端がジョージの寝室になっていて、もう一方の端はバスルームだ。僕は、サリーがいつも座っていたポーチのところに、しばらく佇み、彼女の目にいつも映っていた渓谷の景色を見下ろした。

嵐に洗われた今朝は、断崖はのどかで、木々の緑は光り輝いている。黄色くなった草は湿りを含んで色調を深め、黄金色だ。結構な草だ——今だって、牛のいい栄養になるし、南からのそよ風がさっと渡ると、うねるようなさざ波を立て、金色から茶色へ、再び金色へと変化をみせる。火災に見舞われたというだけで、渓谷を無益に放置しておくなんて、とんでもないことだ。

僕が一時間、一心に働いている間、ときどき、サリーが皺(しわ)だらけの顔で背後からじっと見つめているような気がしたり、彼女の息子たちが緑色の目で茶化すようにこちらを見ているような錯覚を覚えた。もし、そうなら、見ていても無駄というものだ。僕が掘り出したのは、ありふれた欠片ばかりだからだ。

道を横切って、ミラーの家が建っていたところに行った。残骸(ざんがい)をかき回しながら、カラザスの手紙のことを考えた。狭い共同体の中で、教師の職務を離れた役割について綴(つづ)ってきたものだ。

贖罪(しょくざい)司祭のような立場になってしまうのも、なんだか嫌なものだ。マール・アンダースンが学校にやってきて語るのは、表面的には女の子の成長のことなのだが、実際には、パーシーに関する悩みだ。まもなく、新設計画のために学校にやってくるパーシーは、マールと意見が合わないとばやくのだ。

ある日の午後、ウォレス・シェルトンが突然入ってきて、訊(たず)ねた。「扉を叩(たた)きつけるように閉める人間は、どうしたらいい?」

その意味を説明される必要はなかった。ハリエットは感じのいいときもあるが、僕にはまったく頭にくる嫌なクセがある。明らかに、父親にとってもそうなのだろう。彼女は叩きつけるようにドアを閉めるのだ。部屋の出入りには決まって、家中が揺れるみたいにドアをバターンッと力任せに叩きつける。このことについて、ある日僕は彼女にはっきりと注意したのだが、彼女はこう言った。「わたしのドアじゃないの」

話をウォレスに戻すと、こう言ってやればよかった。ハリエットのドアの閉め方は不安定な心の現われで、自分が望んでいないのに無理強いさせられると感じているのだ——おそらく、サマーヴィルの学校へ行くのがそれなのだと。あるいは、お尻を叩いてやれと。

僕などに聞かれてもわからないと答えると、不機嫌そうな顔をして、去っていった。

ベティ・ミラーは、一番上のグエンダにてこずっていると言ってやってきた。このところ、グエンダは嘘ばかりつく。尻を叩いて叱っても、ふくれるばかりで、嘘はひどくなる一方。どうしたらいいだろう？

やがて、本当の問題点がわかった。ベティはペラディン渓谷が大嫌いなのだ。彼女は子どもをつれてシドニーに帰りたくてたまらず、シェルトンにここを出て行くことを申し渡すよう、ボブにせっついている。だが、ボブは聞き入れず、いつも口論や喧嘩が絶えないのだ。彼女は、僕が事情を汲む前に、もう泣いている。

泣いている女性に向かって、何が言える？

ミュリエル・レギアは、義理の娘のティナの話をするために学校にやってくる。彼女が最後に来たのは、ビリー・チャドとダンスをしてからまもなくのことだが、彼女はあの一件については一言も触れなかった。だが、見たところ、あれからずいぶん痩せたようだ。決してふっくらとした女性ではないが、今は、頬はこけ、いやにひょろっとして弱々しい。それでも、優雅な雰囲気はあいかわらずで、僕たちは、ティナの成長について楽しく話をしていた。だが、彼女は唐突に、僕がいつペラディン渓谷を去るのかを知りたいという。

「どうして、そんなこと考えるんです？」僕は訊いた。

「あなたの才能をちゃんと認めてくれるところに行ったほうがいいと思っただけよ」と彼女は答えた。

それから、しばらく僕の将来について話をしてから、彼女はドアの方に向かった。そこで振り向いた彼女の顔は、ただならぬ苦悩に満ちていた。

「ちゃんと認めてもらうこと」彼女は言った。「世の中の女性は、誰でもそれを望んでいる……」

片や、ペラディン渓谷を憎む女性がいて、片や、ちゃんと認めてもらえないと苦悩する女性がいた！　だが、二人のうちのどちらかが、自分の感情を爆発させて火を放ったとは思えない。どちらも陰謀の一部だったにちがいないとしてもだ。誰しもが、表面下で、混乱や感情の衝突、情熱や憎悪が渦巻いていることに気がついていたのだ。

カラザスは僕になら、無意識、故意にかかわらず、星空の下でセックスをしていた女性の名を言っただろうか？　しかし、ちゃんと認めてもらえないということと、はねつけられるということは、まったく違うことだ。

ミラーの家があった場所で発見した唯一のめぼしいものは、チャーム（ペンダントなどの飾り）だ。チャドのメダルのように丸い形で、表面に同じ印が刻まれている。だが、裏面にはこう刻まれている――。

軽快にはずむ爪先（つまさき）ときらきら輝く瞳（ひとみ）
夏空の下で愛し合おう

こんな戯言が許されるのは大人以外にはありえない。これまで、ビリー・チャドがヒルダに贈っているのが見つかっているから、このようなものが大人の間に出回っていたのかもしれない。

僕はそれをポケットにしまうと、アンダースンのところに移動した。そこでは、たいしたものは見つからず、コーベットのところへ行った。ここが小道沿いにある最後の家で、この中で、サム夫妻と娘と共に、カラザス曰く、口にするのもおぞましいローリーが暮らしていたのだ。どれほど彼がおぞましいかは、ペラディン渓谷にいる誰よりも、彼の叔父、叔母、従妹がよく知っていたはずだ。それでも、彼に対して一種の家族愛のようなものは感じていたらしい。カラザスは書いていた。

スチュアート、昨日大変な騒ぎがあった。発覚したのは早朝だ。ローリーがいなくなったのだ。牧場の小型トラックを失敬し、人の住んでいない未開の地に向かったらしいことは確かだった。

トラックは二シリングの値打ちもないがたがたのものだったから、ローリーが出て行って、厄介払いができてよかったと僕は言いたかった。もちろん、僕には関係ないことだから黙っていたが、もし、口に出していたら、孤立していただろう。驚きの声があちこちで聞かれた。サムは悲しみにうめき、エミリーはすすり泣き、娘のアラナは半狂乱だった。

ローリーを探せという声で、ヘリコプターが飛んだ。サムの車がソール・レギアとジヨージ・ウィリアムズを乗せて出発すると、フランクとテッド・ウィリアムズとギルバート・レギアの車は別方向へと向かった。ヘリコプターがローリーの居場所を突き止めた。午後になって、フランクとテッドとギルバートに捕まって連れ戻されたローリーは、例によってひどく殴られた。僕にとっては全てが喜劇だった……。

コーベット家の跡からは、きっと重要な意味のあるものが発掘できるだろうと期待したが、一時間探し回っても、古い缶や割れた陶器、役に立たないガラクタがたくさん出てくるばかりで、何も見当たらなかった。

時間は二時半になっていて、焼きたてのふわふわしたパンと温かいマーマレードにチーズの朝食は、遠い思い出だ。大気のきらめきは失せ、太陽はすでに焼け付くような威力をぶり返している。断崖（だんがい）や草木は、頭がぼおっとするような夏の暑さの中に、再び沈み込んでいた。明日もまた、獰猛（どうもう）な二月の暑さに襲われるだろう。

僕はキャンプに戻ってビールを飲み、冷たい缶詰の肉を食べてから、これまでの探索で得た収穫をテーブルの上に並べた。

カラザスの腕時計

パプア人のものらしい頭蓋骨(ずがいこつ)二個
一部焼け焦げた元帳
検死官の尋問に対するハリエットの証言の下線を引いた七つの語
三ペンス　一枚、フロリン白銅貨　一枚、五ペンス
チャームもしくはメダル　三個

これらに加えて、形がなくてテーブルに並べられない事実がある。

消防車の残骸(ざんがい)
ハンサムな白髪の老人
カラザスを二度も襲った奇妙な病気

それに、もちろん、生存者たちの話と証言の中にある不一致と矛盾が加わる。

ここで、僕の頭の中に一つの記憶の光が走り、絶壁から絶壁へと橋が架かった。その光は素晴らしい言葉だった――フェンス。

僕はカラザスの手紙をつかむと、二度目の病気について述べている箇所を開いた。

……木曜の夜、ここでちょっとした騒ぎがあった……約二千頭の雄の子牛がいっせいに逃げ出したのだ……男たちは大急ぎで外に出て……危機は過ぎていた。子牛の群れは、渓谷の中心部に渡っているフェンスに行き詰まって、進軍不可能になったのだ——そのフェンスは象の群れを阻止するものだ……。

フェンス——これが、今朝さんざん苦しんだにもかかわらず、ついに思い付かなかった言葉だ。だが、すぐに気付くべきだった。僕がここに滞在し始めてから二日目の朝、北と西の避難所に向かって車を走らせていたとき、ジープにもつれる鉄線や金網に苦戦しながら進んでいった。そのときにフェンスの重大さを悟るべきだったのだ。実際、僕の頭の中では、ペラディン渓谷に来るとっくの前に、フェンスは燃えてしまっていた。カラザスは二通目か三通目の手紙にフェンスのことを書いていた。渓谷を南北に分割する大きくて丈夫な中央フェンスと、もう一つは、分割された南北を区切って小さな放牧地を作るフェンスがあるのだ。中央フェンスが設けられているのは渓谷の途中までで、アダム・クイントリー、ギルバート・レギア、ローリー・コーベットが背後に火が迫っているのを発見したあたりまでだ。あの夜には、子牛の大群をせき止めたのに、なぜ、火事のときにはせき止められなかったのか？

ローリー・コーベットとギルバート・レギアの直接証拠には、フェンスに関する言及はひとつもなかったことを考えると、彼らが馬で渓谷に繰り出したのは、牛を救うためではなく、火事で牛たちが南の壁に追い詰められるのを確かめるためだったということになる。

しかし、馬で乗り出した者たちは、牛だけでなく九人も死ぬなど、予想もしなかっただろう。少なくとも、二つの火事が渓谷を焼き払ったとみなすべきだと、以前から感じていた。では、陰謀も二つあったと考えるべきではないだろうか？

ちょうど四時三十分だ。陽が没するまで、まだ三時間ある。問題の核心である屋敷にとりかかっても時間は充分にある。僕はジープを走らせて、板石を敷いたドライブウェイの端に車を停めた。中庭に行って北側の翼棟があった内側の端に立ち、再び残骸調べにとりかかった。雑草がはびこる大量の石、レンガ、鉄。モレクの塔のようにまっすぐに立っている煙突。倒れたベランダの柱。改めて、わびしさが心に沁みた。

時計と反対回りに仕事を始め、部屋や共同住宅を順にチェックしていった。まず、洗濯室、それから貯蔵室、次に食料貯蔵室。角を折れて、居間、キッチンに食堂。ここまできて、もう一度折れる。事務室、書斎、中央入口の広間。これから、次の角までは未知の区画だ。この一区画は、ウォレス・シェルトンと彼の娘だけが使っていた部分なのだ。

僕には彼らの部屋の様子を思い浮かべることができなかった。

引き続き、また頭の中に図面を描きながら、最後に残った東側の翼棟をチェックしていった。客間、アダム・クイントリーの部屋、そして、ようやくスタート地点のそばに戻って、パット・カラザスがいた部屋。

中庭は気持ちのいい場所だったらしく、カラザスはこう書いている。

> 木立の真ん中にある西オーストラリア産のユーカリとその赤い花が、庭にちょっとしたあでやかさを添えている。各翼棟沿いに、アジサイ、ゼラニウム、アザレアが細長く植え込まれ、立ち木作りのバラとラベンダーが散りばめられている。静かな夜には、僕はしばしば庭を歩いて回り、ひたすら花の香りを楽しむ。
> 今晩もそうしていた。月は出ていないが、庭にはいくつかの部屋の光がこぼれている。誰かがつけているラジオから、小さくシューベルトが流れてくる。不意に、シェルトンが僕のそばを歩いていることに気がついた。彼はこういうことをする。つまり、どこからともなく現われるのだ。
> おそらく、僕がいることに気がついていないのだろう。窓やドアから溢（あふ）れる光を横切るとき、彼の唇が動いているのはわかるのだが、何も聞こえなかった。そのうち、彼は

大きな声でなにやら言ったが、古代ギリシャ語らしく、僕には何を言っているのかさっぱりわからなかった。

やがて、彼は僕を見て、言った。「素晴らしい言葉だ、カラザス、素晴らしい！」

「僕はギリシャ語はわかりません」僕は言った。

彼は僕の返事など無視して、また、独りでつぶやいた。突然、くるりと僕に向き直った。

「〝狂人たちよ、どこまで行くのか？〟」彼は轟（とどろ）くような声で言った。「これはわかるだろう？」

運良く、僕は知っていた。「サラミス島に降りた霊的な声の言葉ですね」（ペルシャ戦争の故事か）僕は答えた。

「で、どこまで行くのか？」彼は訊（たず）ねた。

彼は、いささか変わった方法で、現在を過去によって強固なものにしようとしている、僕はそう思った。人は皆、ときどき同じことをするものだが、ペラディン渓谷の狂人たちとは誰のことなのだろうと思った。というより、彼は誰だと思っているのだろう。

二人で何も言わずに庭を一巡りすると、彼は僕の腕をすごい力でつかんだ。

「〝もし、下衆どもが反乱を起こしたら、残された道は？〟」彼は苦しさで吠（ほ）えるように言った。「〝狂人たちよ、どこまで行くのか？〟」

そう言って、彼は自分の住居へ消えて行き、僕は自分の部屋に戻り、タイプに向かってこの手紙を打っている……。

中庭に立ち、カラザスが描写した美しさを偲(しの)ばせるものなど何もない、すさまじい破壊の跡を眺めながら、この奇妙な会話を考えた。

シェルトンは、どんな反乱を抑えたかったのか?

ウィリアムズ兄弟というのは、悪ふざけなら腕まくりして始める性分であることは間違いない。だが、奇妙なことに、カラザスの手紙には、この性分にまつわる話として、トロスボの居酒屋での大暴れと、ビリー・チャドのポケットに入れた蛇のエピソードしか書かれていない。

自由奔放な楽しみを嫌うシェルトンへの単なる憤懣(ふんまん)などではおさまらない話なのだ。仮に、反乱があったとすれば、もっと深刻な原因があったはずだ。

僕は、カラザスの部屋の跡を探し始めた。煙突は倒壊しているのに、暖炉のアーチ型はまだ残っていた。

まず、手始めに、シャベルで瓦礫(がれき)やガラクタを掘り出して邪魔にならない場所によけた。

最初の一掘り目で、ガンという鈍い音がして、何かに当たった。引っ張り上げた——ポータブル・タイプライターの残骸だ。キー、スペース・バー、キャリッジ（用紙巻きつけ部）が熱ですっかり溶け、固い塊になっている。

カラザスのものに間違いない。彼がこれを叩いて、手紙を書いたり、学校のレポートを作成したり、小説を書いてみようとしていたのを、何度も目にしてきた。思い出がどっと蘇った。だが、初めの頃の心の痛みはうすれ、今はむしろ、疑問ばかりが湧いてくる。カラザスは、どうして自分の目と鼻の先で進んでいた危険な動きに気がつかなかったのだろうか？

僕は役に立たない遺品を放り出して、こつこつと地面を掘っていった。ブルドーザーがあればいいのだが、ブルドーザーでは探し物を壊してだめにしてしまう。僕は懸命に掘り出し作業に精を出し、シャツは汗で濡れ、心臓はあばら骨を打つほどばくばくした。

オーケー、ハミルトン、一休みだ。時給で仕事をしているわけじゃないのだから。

というわけで、僕は、都合よくすぐそばにあった炉の床の部分に腰を下ろした——すると、僕の下の床が動いた。

9

こんなにすばやくぱっと立ち上がったことは、そうはない。二メートルほど離れたところから、炉の床に目を凝らした。厚板は影のように暗く、じっと動かない。動いたと思ったのは気のせいだったのだろうか。そのとき、炉の床は、岩でできた台座の上に置いてあるのではなく、はめ込んであり、岩の表面はスレートの高さまで削られていることがわかった。カラザスがいた頃は、炉面はおそらくきれいに磨かれていて、さぞや美しかっただろうに、今は……。

身をかがめて、炉の床の僕が座っていたところを押すと、一センチほど沈んだ。手を放すと、厚板はゆっくりと岩の高さまで戻ってきた。もう一度押して、反対側の端を見ると、かすかに上がっている。支点は向こう端から三十センチくらい、今押しているところから一メートル半くらいのところにあるらしい。

だが、ぐっと力任せに押すと、厚板はすり砕くような、耳障りな音をたてて、渋りながら反応し、やがて、引っかかるように止まった。理由は明らかだ。火事で焼けたあと、厚板を回転させる蝶番(ちょうつがい)あるいはベアリングが錆(さび)付いて、滑りが悪くなっているのだ。僕はジープからオイル缶をもってきて、裂け目からたっぷりとオイルをさした。オイルがまわるのを待って、もう一度押した。端がさらに一センチ下がり、またつかえた。

さらにオイルをさした。二十分後、厚板は、取り付けられたときのように音もなく楽にというわけにはいかないが、支障なく動くようになった。まずは、長い方をほとんどまっすぐに下げると、上がった短い方の端に、水平に戻す鉄のおもりが固定されていた。

ベアリングにもっとオイルをさしてから、長い方を垂直になるまで力づくで押し下げ、短い方にレンガ二個をくさびに入れて留めた。

これを発見した瞬間はぞくぞくした。日没間近なので、暖炉の床に隠れていた穴は井戸のように真っ暗だ。ジープから懐中電灯を持ってきて、深さが約二メートル半の、暖炉の台座と同じような岩で囲まれている空間を照らした。異なる方向からくる二つの通路が壁で行き止まりになっている。北側の方の開口部は高さ約一メートル、もう片方の、屋敷の主翼に近い方の開口部は、幅は一メートル弱、高さは約二メートル以上ある。暖炉の反対側の岩に、鉄製の横桟がセメント付けされていた。それを見たら、カラザスが怒り心頭に発して書いてきた手紙を思い出した。

スチュアート、ローリーって野郎には、どうにも我慢ならない。昨晩、一眠りして、目をさますと、あの野郎が部屋の真ん中に立っていた。窓からさしこむ月の光で、あいつだとわかった。

僕はベッドから跳ね起き、完膚なきまでに痛めつけてやろうと身構えた。だが、彼は怯(おび)えていた。抵抗する格好だけは見せるものの、一発殴られただけでめそめそして怖がっている。そんな奴を殴りつけたって、しようがないだろ？

僕は、今度部屋に入ってきたらただでは済まないからと言い渡し、有無を言わさずあいつを部屋から追い出した。そして、ここに来て以来初めて部屋に鍵(かぎ)をかけた……。

こんな秘密の通路から部屋に出入りされたら、ドアの鍵なんて無意味だ。カラザスに捕まったとき、ローリー・コーベットは通路から出てきたのだろうか、それとも入るところだったのだろうか？　ここで、重要なことに気がついた。

厚板が動かないようにする手段がきっとあったにちがいにない。人が厚板に乗れば墜落する通路なら、秘密の意味がないではないか？　ということは、最後に落とし戸を通った人間は戸締りをしなかったのだ。つまり、最後に使われたのは火事の日と思って、ほぼ間違いない。

ところで、通路はどこに通じているのだ、ハミルトン？

今、西方の断崖（だんがい）に細い三日月形になって輝いていた太陽は、あっという間に沈んで、赤々とした光だけになった。僕は、慎重に鉄のはしごに足をかけ、空間の中に降りていった。二つのトンネルからかび臭い匂い（にお）いがしてきた。小さいトンネルは北の方――店かレギアの家だ――に向かい、大きい方は、シェルトンの住居の方に通じている。カラザスが、公爵の部屋と呼んでいたところだ。

炉の床を支える装置がどこかにあるはずだ。懐中電灯で照らして、周囲を探した。炉の下に細い溝があり、長さ一二〇センチ、幅五センチ、厚さ一センチ規格の錆（さ）びた鉄の棒がおさまっている。そして、空間のもう一方、僕が座っていた下あたりにＶ字の刻みがあり、炉の床の裏側で旋回した棒が収まるようになっている。今は動かないが、ここでの生活があった当時には音もなく、楽に動いたにちがいない。

しかし、外からはどうやって開けるのだろう？　空間から出て、暖炉の隅々までくまなく目を走らせた。ほこりが詰まったひびや穴がたくさんあった。どこかの腕木かかすがい、あるいは装飾品のようにみえる薪架がレバーになっていて、落とし戸が閉まると、上からバーを動かしてロックをかけるという仕掛けになっているのだろう。

ところで、シェルトン一族の狂気はどうなんだ、ハミルトン？

僕は空間に戻ると、懐中電灯をまっすぐ構え、北に向かう小さなトンネルの中を照らした。今は、垂直に下がっている厚板で開口部の大部分は隠れて見えないが、四メートルほど先に瓦礫の山があって、通路をすっかり塞いでいるようだ。

僕は大きいトンネルの方に向きを変え、懐中電灯で照らした。不ぞろいな岩で固められた壁と天井、平らに狂いなく並べられたレンガの床が、懐中電灯の灯りが消え入る先までまっすぐに伸びている。

思い切って進んでいった。頭がちょうど天井すれすれで、両肩が岩をこすり、長年の間についた埃をこすり落とした。空気は生暖かく、淀んでいる。大声を上げると、圧するように自分に返ってきて、うつろに消えていった。

閉所恐怖症なので、急に息苦しくなった。とっさに空間の方へ逃げようとしたが、灯りを上に向けたとき、頭上にまた別の厚板の底が見えたので、気が変わった。今度は、厚板に固定された二つの鉄のかんぬきに、左右に渡る鉄の支え棒がぴたりと差し込まれている。

棒は動かなかった。先に進んで、さらに二つの炉の下を通過すると、T字路につきあたった。おそらく、シェルトンの住居の下あたりだろう。懐中電灯を左側に向けると、今いるところと似たようなトンネルが見えた。右を照らすと、やはり同じような荒削りのままの天井と壁とレンガの床が見える。

僕は左手側のトンネルを選んだ。落とし戸を二箇所通過して、行き止まりになった。トンネルはしっかりと石壁で塗り固められている。トンネルを作った人物は、土砂が崩れて、自分たちの秘密がうっかりばれないように、そうしたのだ。

トンネルを作った人物？　僕はT字路まで、とって返しながら考えた。もちろん、初期のシェルトン家の者だ。初代シェルトンのアーノルドがこの仕事を開始し、二代目ユースタスが延長したのだろう。だが、ウォレスは何も手を加えてはいないようだ。石の様子といい、レンガの感触、時代を経たセメントの質が、古い職人技術で作られていることを示している。だが、ウォレスはここを引き継ぎ、全てを知り尽くしていた。

再び、T字路に来ると、カラザスの部屋の下から入ったトンネルと平行して走るトンネルが見えた。中庭の下をまっすぐ走っているのだと思う。それで、カラザスの言葉を思い出した。

……不意に、シェルトンが僕のそばを歩いていることに気がついた。彼はこういうことをする。つまり、どこからともなく現われるのだ……。

どこからともなく、というのは、地下からだった。僕は、この三番目の通路の探検は後まわしにして、まっすぐに進んだ。なにやら、シェルトン一族の精神を覗き込んでいるような気がしはじめた。これらの暗いトンネルは、シェルトン一族の精神が辿った暗い秘密の細道の象徴なのだ。

僕は落とし戸の下に立ち止まって、思い描いた。長身で繊細な顔立ちをした、きわめて移り気な男たちが、はしごにしがみつき、上の部屋で話していることに聞き耳を立てている様子を。

秘密の言葉。危険な言葉。はかない言葉。隠れて聞き耳をたてる者には魅惑的な言葉だ。だが、このトンネルの目的は、こっそり話を聞くことだけだろうか？　ほのかに揺れるろうそくの炎、岩にかすかに触れる絹ずれ、小さな呼吸の震え、永遠に人に知られてはならない集いへと急ぐ足音を一瞬感じたような気がした。

まるで、暗闇のむこうで、誰にも言えないあいびきの約束があるかのように、気がつくと、僕はレンガの上で爪先立ちになっていた。一瞬感じたような気がしたのは、トンネルが崩れて、大きな石の塊と土が床から天井を塞いでしまった気配だったのだ。

たいしたことではない。まだ手をつけていない区画は、食堂か台所か洗濯室に残っている炉の落とし戸から入っていけばいい。シェルトン一族の真実がわかるまで、彼らの精神に踏み入って、この調査を続けるのだ。

この時点の僕には、陰気な笑い声を上げるだけの気持ちの余裕があった。今、僕は、シェルトン一族をとらえて離さない病的な陶酔状態に陥っていたのだ。相手に気付かれずに、ひそかに観察する魅惑。僕は何度も自分に言いきかせた。カラザスのほかに八人の人間が火事で死んだ理由と、ペラディン渓谷にあった二つの陰謀の真実を知りたいだけなのだと。だが、それでもなお、秘密のための秘密を発見した興奮は消えなかった。

もう一つ、ローリー・コーベットの件があるだろ、ハミルトン！

僕は腹を立てながら、通路を塞いでいるところから退きさがった。そしてすぐに、今言いきかせたことをすっかり忘れ、見たいという衝動に突き動かされた。というのは、左側の壁——南側の壁——にドアの輪郭が見えたのだ。

それはちょうど体が入るくらいのドアで、表面は、トンネルと同様に荒削りのままの岩だ。取っ手はなく、取っ手らしきものもない。表面に手を置いて、強く押してみた。びくともしなかったが、おもわず驚きの声をあげた。ドアは岩ではなかった。それは木製で、トンネルの岩のように形どり、塗ったものだった。

僕はどうしても開けてみたかった。前方を照らす懐中電灯の灯りを躍らせて、僕は大急ぎで最初のT字路に戻り、左に曲がってカラザスの部屋の下の落とし戸に辿り着いた。体を引きずり上げるようにして空洞から出ると、ドアをこじ開けるのに必要な道具をジープまで走って取りに行くつもりだった。

だが、トンネルの淀んだ空気の後では、大気はひんやりと新鮮で、一息つかずにはいられなかった。その場で、深呼吸した。すっかり夜になっていた。残照はない。紺色の空を背景に、木々は黒い幽霊のようだ。渓谷の上空には、厳かな輝きを放つ星雲が広がっている。小谷でガマグチヨタカが鳴いているのが聞こえ、懐中電灯の灯りをめがけて暗闇から虫が飛んできた。

僕の中で声がした。あそこへ戻ってはいけない、ハミルトン。カラザスの部屋でローリー・コーベットを捕まえたとき、彼が怯えていたことを思い出せ。僕は心の中で言い返した。カラザスに捕まったから彼は怯えていたんだ。

違う、と声は言う。あのトンネルの中で見たものに彼は怯えていたのだ——もし、お前が悪を探し出せば、悪に飲み込まれてしまうだろう。

迷いで、体が動かなかった。自らを軽蔑するように僕は肩をすくめた。あのタフなパトロール警官スチュアート・ハミルトンが、病んだ妄想のせいでまともな思考ができないなんて、なんという体たらく。恐怖がなんだ、ハミルトン、仕事にとりかかれ。

ジープには、ハンマー、のみ、タイヤ用梃子などドアを壊すのに必要な道具は積んである。バールもあるが、トンネル堀りには役にたたないだろう。だが、ガスランプはキャンプまで取りに戻らなければならない。懐中電灯では、下に置くと光の範囲が限られてしまうのだ。ドアを扱うときには、両手を使い、視界をはっきりさせなければならない。だが、心の奥底で、ランプを持っていく本当の理由はわかっていた。ガスランプなら、四方を照らしてくれるからだ。ランプがそばで燃えていれば、背後に付きまとう漆黒の闇に気圧されずにすむだろう。

だが、ランプを灯さずにドアの前に戻り、膝をついたところではじめて灯を入れた。スイッチを切った懐中電灯と並べてレンガの上に置き、ドアを開く方法をじっくり考えた。木製のドアなのに、錠だの蝶番に頭を悩ませることはないだろう？　自分が這って通れるほどの穴で充分だ。そこで、ハンマーとのみを手にして仕事に取りかかった。

あっけないほど簡単だった。塗装してある木は、時代が経っているせいでパルプのようになっていたし、内部の壁は薄かった。十五分で、納得がいくように開いた。僕は道具を置いてランプを手にし、腹ばいになって穴をくぐりぬけて、立ち上がった。

驚いてあえぎ声が出た。ドアの向こうに何がひろがっているか当ててみようとも思わなかったし、何を期待していたのか自分でもわからない。だが、目の前にあるものは、僕にはおよそ考えられないものだった。

細長く、天井の低い部屋。埃で薄汚れた厚い白い絨毯。壁を隠している両開きのクリーム色のカーテン、向こう端に、黄金色をした木製の横長の台かカウンターがあり、その背後に、前面がガラス張りのキャビネットがある。輝くようなクリスタルの食器が並んでいる。部屋の中央には、ローズウッドの食卓テーブルがあり、二人分のナイフとフォーク、皿、ゴブレットがセットされていて、四本の銀の燭台が載っている。

だが、どれも埃と細かい灰にまみれている。リネンにはシミがついているし、ゴブレットは汚れている。絨毯の上をゆっくり歩くと、足元から霧のような埃が舞い上がった。僕はランプをテーブルに置いてしばし足をとめ、燭台の中心についているくすんだ透明の卵型をじっと見つめた。

キャビネットの下の方の棚には、ワインのボトルが並んでいる——白ワイン、赤ワイン、シャンパン。ブルゴーニュ・ワインを手にとって見ると、栓を抜いて、飲んでしまいたい誘惑に駆られた。だが、部屋の中が暖かいせいでボトルは生ぬるく、喉はかわいていたが、飲む気になれなかった。

ブルゴーニュ・ワインを棚に戻して、振り返ると——心臓がどきりとした。ドアがある壁は白いのだが、ドアの上方に翼のある黒い生き物が描かれている。人間の顔と体をしているが、ぎょっとしたように白目を剝いた目は鋭い。この恐ろしい絵は、ユダヤ教やイスラム教で死の天使といわれるアズラエルではないだろうか。シェルトン家がここでもてなしをした際、この絵と向き合う席に着いたのは誰なのだろう——ホストあるいは幽霊？

威嚇するような目を意識しながら、僕はテーブルに戻り、真ん中においてある卵型のクリスタルをつぶさに観察した。手に取り、光を当てた。カラザスが当惑したように手紙に書いてきた言葉が蘇った。


……夜、再び、ウォレス・シェルトンと中庭を歩いた。彼は例の面食らうような方法で現われた。星屑（ほしくず）が輝く典型的な山の夜空の下で、庭を二巡りした。

「今何を考えているんだ、カラザス？」

「テニスン（英国ヴィクトリア朝の詩壇を代表する桂冠詩人）です」僕は言った。

「なぜ？」

僕は詩を引用した。

宝石をちりばめた馬ろく（くつわと、くつわを繋ぐために馬の頭からかける革紐と手綱）は燦然（さんぜん）と光輝き
さながら星群の連なりが
黄金色の天の川にかかって……

僕たちはしばらく重い足取りで歩いていたが、彼は言った。「テニスンは素晴らしい詩人だろうが、カラザス、彼は副産物にすぎないのだ、君と私と同じように。我々は皆、副産物で、役立たずで、まったく無駄な物質なのだ」

「なんの副産物ですか?」僕は訊いた。

「説明しよう」彼はそう言って、以前にも聞かされた理論を、冷たく沈鬱な口調で語り始めた。生命の始まりである一細胞――原始細胞――は、ぬるぬると動き回る原始アメーバだ。それはなんの目的も持たず、ぬるぬると動き回る細胞を養分にして分裂、分割を繰り返し、増殖していく。それは環境変化に適応し、新しい環境を獲得して、形状、形態を変え、凝集したりもする。野菜や動物に変化したり、醗酵や腐敗、汚染や病気、消滅や死へと変化してゆく。それは新しい環境を作り出し、地球上に広がっていく。我々や全ての形ある生き物が互いに破壊しあったり、食べあったりしても平気だ。原始の細胞はそれでも生きている。無数の細胞が成した一時的な形が消滅したり死んだりしても、それは依然として続いていく。継続の方法は、無性芽生殖、分裂、性交、どういうものでもいい。それらは、ぬるぬるした細胞が必要とする一部分にすぎない。存在しているものの形は、目的遂行の途中に副次的に産まれたものなのだ。

「カラザス」シェルトンは、僕の肩をぽんと叩いて言った。「テニスンは素晴らしい詩人だろうが、我々は細胞によって作られたもので、生きているということは、目には見えないものに向かって、狂ったように頭をぶつけているようなものなのだ。おやすみ、副産物——というより、副産物の同輩よ」

スチュアート、彼はそう言い残して、現われたときと同様に、どこへともなく消えた。

僕は後味が悪かった。だが、後味はさらに悪くなった。自分の部屋へ戻ると、ソール・レギアがドアの前にいた。

「何を話したんだ、彼は?」ソールは、シェルトンが消えた方をあごでしゃくって、言った。

僕は驚いて、頭がよく回らなかった。僕は、哲学的な象徴であるぬるぬるとした細胞は……、とかなんとかもぐもぐしながら言った。

「そうか、その問題については、彼はよく知っている」レギアは言った……。

ランプの火がふっと弱まると、手にしている卵型のクリスタルのきらめきが戯れるように変化した。これが、ウォレス・シェルトンの哲学——反哲学——の象徴か? ここが、形を持たない彼が、欲望を満たしていた場所か?

僕はあわててクリスタルをテーブルに戻した。突然、それが厭(いと)わしく思えたのだ。実際的な事項に頭を切り替えた。当然、このテーブルで食事をしたのだろう。たとえアズラエルの残忍な視線の下であっても、さぞや上等な食事だったにちがいない。どこかで準備してここに持ち込んだのだ。だが、外から、荒れた狭いトンネルを通って運んだのではない。きっと、重厚なクリーム色のカーテンで覆われたドアから運び入れたのだ。

僕は、ドアに向かって右手側のカーテンの端に行き、布をつかんで引き始めた。真鍮のリングがたてる平穏な音がしばらく続き、埃がもうもうと舞い上がって、僕を包んだ。だが、ひとたび引き始めたら、全開せずにはいられなかった。

露わになったものをまじまじと見る。ドアはひとつもなかった。白黒の模様の長椅子が三脚、壁に沿って並んでいる。その上方に、あごの高さで、天蓋のように下がっている木製の出っ張りがある。だが、出っ張りは天蓋ではなかった。出っ張りには三基の黒い棺が載せてあるというより、中に収めてある。棺の下部が出っ張りの下から出ているのでわかった。それぞれの棺は、下方に置いてある長椅子のちょうど真上に置かれている。

僕はもう一方の壁に走って行き、カーテンを引いた。そこにも長椅子が三脚と、長い出っ張りに三基の黒い棺が並んでいた。アズラエルの視線を浴びながら食事をするのは、お前たちだったのか。死の象徴に従うのを愛するものたち。奇妙で、恐ろしい人間たちだ、シェルトン一族というのは。

だが、実際、さらに奇妙で、恐ろしいことがわかった。棺にはローマ数字でⅠからⅥまで数字がふってある。最初の棺、部屋に入ってすぐ左にある棺のところへ行った。棺はとても奇妙な方法で支えられていた。出っ張りの下で体を屈めて、腐敗して黒ずんだ死体の顔を見上げるのだ。全面ガラスになった棺の底から中を覗(のぞ)くと、ガラスに重みがかかる手、膝(ひざ)、足の骨の形と、死体を包んでいる黄ばんだ布が見えた。

恐怖が毒のように体中を巡った。だが、僕は自分に鞭打(むちう)ち、次の棺を調べた。それから次へ……次へ……。女、男、女、男、女、男が視力のない目でじっと見下ろしている。

僕は、長椅子を引っ張って、その上に立ち、何か蓋に銘刻がないかを、もう一巡りして調べた。最後の棺以外には全部名前が刻まれていて、一族名簿風にすればこうだ。

エリザベス　アン　シェルトン
一八五五――一八八二
アーノルド　フランシス　シェルトン
一八四六――一九一一
ホーテンス　メアリー　シェルトン
一八九五――一九四〇

ユースタス　ジョン　シェルトン
　一八八一――一九四七
ヘレン　ジェーン　シェルトン
　一九一八――一九五〇

最後の棺――男――には、名前が刻まれていない。火事で死んだ男は二人。六番目の棺に入っている男は、ウォレス・シェルトンかソール・レギアだろうか？　厚い雲の陰からぼんやりとした形がかいま見えたような気がしたが、おぼろげに見えただけだ。ペラディン渓谷の人々の心の中に燃えていた暗い炎は、僕には依然としてわからない。

もう一度、名前のない死体を見上げた。男ということはわかる。だが、落ちくぼんだ死人の顔から、カラザスが送ってくれた生前の写真とを重ね合わせて、人物を読み取ることはできなかった。祝宴を張ったり、愛し合ったりするのにふさわしいところとは、とても思えない。振り返って、テーブルを見ると、ランプが消えかかっていた。まったく、よりによって、こんなときに、ガスがなくなるなんて。見ているうちにも、ランプは数回ぽっぽっと音をたて、白い炎は消え入った。

暗闇（くらやみ）は、まるで黒いベルベットのようだった。これしきのことで怖じけづく男じゃないだろう、スチュアート・ハミルトン。トンネルに出れば懐中電灯があるじゃないか。いずれにしろ、そろそろ切り上げ時だ。

僕はテーブルに向かって、前方に手をかざしながらそろそろと静かに進んでいった。指先がテーブルの角に軽く触れたので、手を上げたり伸ばしたりして、ランプを手探りした。そのとき、暗闇の中で一本の手が僕の手をつかんだ。

それから後は、お恥ずかしいかぎりだ。もし、持ち前の冷静沈着さ――自分ではそう思っている――で対処していたら、あのとき、あそこで相手を捕まえ、戦ったのにと思うと、情けなかった。だが、あまりのショックに恐怖が電流のように体を走り、何も考えられなくなった。僕は大声でわめきながら、手を捻(ひね)り払い、闇雲にドアの方向に突進した。

なんとかドアを見つけると、穴からすばやく這(は)い出し、息苦しさにあえぎながら懐中電灯を探した。取り乱して狂ったように、床を探し回った。ハンマーが見つかった。次に梃子(てこ)、そして、ああ、ありがたい、懐中電灯だ。

スイッチをいれて、左手に持ち、穴を照らした。右手には梃子をつかんでいる。だが、追いかけて来る者はなかった。穴を通して懐中電灯の光線を当て、棺の一部とその下にある長(なが)椅子(いす)の一部を照らした。物音は何もしないし、動くものもなかった。

もちろん、戻らなければならない。ランプが必要なのだ。唯一の手持ちのランプだ。だが、何よりも僕が取り戻すべきは自尊心だった。これまでの人生で、ここまでの賭(か)けに出た事はない。這(は)って穴を抜けると、弧を描くように懐中電灯を動かして周囲を照らした。梃子はいつでも動かせるように構えている。

やめようか。ランプはまだ、テーブルの上にある。だが、手を伸ばして、懐中電灯を握っている手の指二本で取っ手をつかもうとした。そこで、止まった。

これでは充分じゃないだろ、ハミルトン、内心の声が言った。ただ、ランプを取り戻すだけでは、何もわからないではないか。そこで、感じやすい己の良心を毒づき、なんとしても、あの手の主が出入りしたドアを探すことにした。

四方の壁を調べたが、どこにもなかった。床だとは思えない。絨毯(じゅうたん)は四隅ぴったりに敷き詰められているし、切った形跡もないからだ。だが、カウンターとその背後にあるキャビネットは少し念入りに調べた。何も見つからなかった。だが、きっと秘密の出入り口があるはずだ。僕が破ったドアだけが出入り口なら、訪問者の動きが、パニックでものすごい速さで脱出した僕を上回るすばやさでないかぎり、途中で激しく衝突しているはずだ。そんなことはほとんど不可能に思える。

部屋をもう一度見て回ると、良心が言った。よし、ハミルトン、よくやった、もう退却してよい。だが、良心は、どこかおかしなところまで目が届かなかった。僕はランプを手にすると、懐中電灯を前、横、ぐるりと動かして部屋の中を照らしつつ、ドアの方に斜めに後ずさりしていった。

トンネルに出てから、ハンマーと梃子を、着ているシャツの中に無理矢理詰め込み、やはり横歩きしながら、懐中電灯の方向を変えるたびに襲う暗闇に注意を走らせて進んだ。カラザスの部屋の落とし戸から這い出すと、僕は一息ついて、銀河を見上げた。最後にみたときの流れに対して今は直角になっている。澄んだ空気を深く吸い込んでから、ランプと道具、そして自分自身の体をジープに積むと、ねぐらに向かって出発した。

キャンプに戻ると、ヘッドライトをつけたままにして、空になったガスシリンダーのねじをはずして新しいのと付け替え、勢いよく燃えるランプを低木の枝にかけた。それから、慄え始めた。

治療法は一つしかない。喉は渇いていたが、ビールではだめだ。父が「非常事態の時に」とくれた七〇〇ミリリットル入ボトルのスコッチ・ウィスキーにしよう。今は非常事態だ。寝るまでに半分空けた。だが、意識の冴えはほぐれなかった。

10

翌日、目覚めたのは遅く、当然のことながら、ひどく気がめいっていた。憂鬱(ゆううつ)な気分を治す唯一の方法は、憂鬱ではないふりをすることだ。そこで、僕は気がかりなど何もないかのように、ひげをそり、体を洗い、朝食をとり、キャンプの雑用を済ませ、一、二曲歌まで歌ってみた。これはスズドリをぞっとさせたらしく、鳴き声はやみ、しばらく静かだった。だが、作戦は効を奏した。病的な空想は徐々に消え、テントの周りを掃き終えたときには、僕は再び、正常な自分の環境におさまり、残忍な別世界に迷い込んだ心ではなかった。昨夜の一連の出来事を、冷静かつ客観的にじっくり考えることができた。

テーブルと椅子(いす)をブラックウッドの木陰に置いて腰を下ろし、詳細に日記をつけた。書き終えると、椅子の背に寄りかかり、タバコに火をつけた。予想どおり、二月の暑気は持てる威力を取り戻していた。空はすっきりと晴れ上がり、セミが激しく鳴いている。アメンボが小川の水面を滑り、溜め池に落ちる水の音は物憂い音楽のようだった。快い暑さで、活力が湧き、神経が落ち着いた。僕の手をつかんだあの手を思い出し、背筋が寒くなったり、胃が疼いたりすることもなく、考えることができた。ボールペンをとり上げ、また書いた。

手

一、右手
二、温かい手
三、人間の手
四、力強く、肌が硬くなって、荒れた手
五、手の持ち主は、暗闇でも僕の手が見えているみたいにつかんだ。

瞬間、見落としていたことがまざまざと蘇ってきて、書き続けた。

六、爪は長く、割れて、ひどく傷んでいた。

ここで一息入れて、タバコをもう一本吸った。だらしない爪のイメージがあまりに強烈なので、質問に書きだす必要はないかもしれない。だが、僕は表にして書き、可能なものは答えを添えていった。

一、あの手はあのハンサムな老人の手？

違う。彼なら決してだらしない爪（つめ）はしていないだろう。

二、死体は人形（ひとがた）か、本物か？

見分ける方法は二つ。かなり頑張らなければならないが、簡単な方法をとる。

三、あの手は誰の手か？

三つめの問いを×印で消した。まだあまりに漠然としすぎている。答えを出すにはまだまだかかる。もう一度、三、と書いた。

三、地下の食堂で、シェルトン一族はどんな人物をもてなしたのか？

この問いをしばらく考えて、〈食堂〉を〈あいびきの場所〉に置き換えた。すると、ある意味で質問の答えになっているようだった。もっとも、死体に囲まれながら心を熱くする人間なんてめったにいないが。
四、地元の人間の中で、シェルトン以外にこのトンネルを通った者がいるか？
おそらく、ローリー・コーベットはうろついただろう。だが、ほかには？
通らなかったとしても、彼らはトンネルがあることは知っていた——。

それは確かだ。

五、パット・カラザスは秘密の通路を知っていたか、知っていて使っていたか？
僕は、彼がペラディン渓谷に来た最初の年の終わり頃に寄こした手紙を探し出した。

……スチュアート、僕は今、一年間の仕事の総仕上げの真っ最中だ。試験、成績表、子どもたちに関する報告書、自分の仕事の評価など。
僕はいろいろわけがあって、長期休暇を心待ちにしている。こういう学校では、特別な事情がないかぎり、最低二年は教えることになっているのだが、今度の休暇中に、担当局に顔をだして、別の任務を頼もう……。

これ以後、彼はこの件には触れていない。休暇を終えると、ペラディンに戻ってきたから、担当局に出向かなかったか、ほかの学校への希望は却下されたのだろう。僕にとってこのことは、彼がトンネルの存在とその目的については何も知らなかったという立派な証拠になる。手紙の束を脇に置き、再びボールペンを手にした。

六、あいびきの場所は、二つの陰謀とどうかかわっているのか？

ここでも言葉を置き換えて、二つを三つにする。今は、陰謀は三つあったと確信できるからだ。二番目は火事で終了し、三番目は、まだ続いている。


一番、牛に対する陰謀。

二番、いってみれば、経営に関わる陰謀。

三番、火事以後の沈黙という陰謀。

六の問いは、答えがないままにしておく。よし、二の問いの答えをだそう、かなり頑張らなければならないが、簡単な方法で。

昼食をとってから、ジープに、つるはし、鉄梃、シャベルが積んであることを確認し、ついでに氷の中にビールを数本詰め込んで、シェルトンの埋葬場所に向かった。五つの塚はくすんだ黄色の雑草に覆われ、暑さでかび臭かった。これはしんどい仕事になりそうな気がしたが、そのとおりだった。これと睨んでとりかかった塚は、まるでコンクリートのようにつるはしを跳ね返した。だが、仕事はやり遂げなければ。僕はむきになってつるはしを振い続けた。肌は陽にあぶられ、汗でひりひりした。

一・五メートルほど掘り返すと、つるはしの先が木に当たった。半時間かけて、細心の注意を払いながら、棺の蓋にこびりついている固く乾いた泥をきれいに落とすと、やっと名札が読み取れた。

ユースタス・ジョン・シェルトン
一九四七、五、四　没
享年六十六歳

頑丈なねじ回しをジープから取ってきた。棺の上にのらなくてもいいように、穴の横に足場を作ってから、ねじ回しを使って作業に着手した。これもまた、いやな仕事だった。まるで、ねじが木の中に溶け込んでいるようなのだ。

ねじをはずし終えたが、蓋を開けるのをためらった。ユースタス・ジョン・シェルトンの死体の代わりに、レンガや石が詰まった袋が入っているのではないかと思ったのだ。

さっさとやるんだ、ハミルトン。

僕は体をかがめ、蓋の下に差し込んだねじ回しを上下に動かして蓋を緩めると、端に指を入れて引き上げた、すると——。

僕は、萎びた死体の上に蓋を落とした。棺から死体の腐敗臭が襲ってきた。ねじを元どおりに締め、穴から飛び出すと、狂ったようにシャベルで土をかけた。その一部始終をずっと誰かに見られていて、死者への冒瀆という重罪で告発されるのではないかと思った。

塚をしっかりと踏み固めてから、掘り返した跡を隠すため枯れ草を上にばら撒いた。よろめくようにジープに戻り、道具を車に放り込むと、運転席によじ登って、ビールをつかんだ。二缶持ってきたビールを一気に空けた。喉元を過ぎる液体の冷たさはあまり感じなかった。

空き缶を放り投げて、周囲を眺めた。西方の壁は、赤い煙のような輝きに包まれ、木々は黒く、長い影を落としている。枯れたユーカリの木が、自分の命を奪った恐怖に哀訴するように、葉のないむき出しの枝を上方にかざしている。草地から、セキセイインコの群れが舞い上がり、甲高い声で鳴きながら、ビリー・チャドの場所の湧き水を求めて飛んでいった。

緩やかな気流に乗って、翼を傾けたり、水平に保ったりしながら、大きな輪を描いて飛翔している孤高の鷲。

夕焼けに巻雲がうっすらと螺旋を描いている。明日は荒れるだろう。そのとき、漠然とではなく、はっきりと、強くこう思った。戻るんだハミルトン、昨夜見たものは本当は何だったのか、はっきりさせるんだ。

もちろん、キャンプにはランプを取りに戻るだけのはずだった。だが、嫌なことを先に延ばしたい誘惑に負けてしまった。地下室なら、お陽様が照っていようが、夜の帳が降りていようが、同じじゃないかと言い訳して、ぐずぐずしていた。

溜め池で体を洗って、新しい服に着替え、冷えたまずい食事をした。それからようやく重い腰を上げると、ランプをジープに入れ、屋敷に向かって車を発進した。

恐怖の悲鳴をあげたり、拳を握り固めることもなく、ゆっくりとした足取りでトンネルを進み、ドアに辿り着いた。のたくるようにして穴をくぐり抜けて立ち上がると、ランプを高くかざした。テーブルに二人分の食器、きらめく卵型のクリスタル、カシの木のカウンターとキャビネット、長椅子六脚に棺六基、脇に引き寄せてある白い埃っぽいカーテン、ドアの上のアズラエル。

何も変わっていない。僕は最初の、エリザベス・アン・シェルトン、一八五五—一八八二と刻んである棺のところへ行った。長椅子に上がり、ランプをそばにある出っ張りに置いた。もし、僕の手をつかもうとする手が出てきたら、今度こそしかと見てやるのだ。蓋(ふた)を調べると、壁側についている蝶番(ちょうつがい)は錆(さび)付いているものの、簡単に開いた。ランプを手に取り、開口部にかざした。

このエリザベス・アン・シェルトンは、死衣に包まれた張り子で、髪は偽物だ。彼女の夫アーノルド・フランシス・シェルトン（一八四六—一九一二）も、義理の娘ホーテンス・メアリー・シェルトン（一八九五—一九四〇）も同様だった。

調査を続けようと部屋を横切ったとき、昨晩は目につかなかったが、カウンターのテーブル側に浅い引き出しが付いているのを見つけた。古いし、熱のせいで板が反り返っているため、ねじ開けなければならなかった。中には本とノートが入っていた。ノートは四〇×五〇センチくらいの大判で廉価なもの、本は格段に小さくて十二×二〇センくらいの、端が切りそろっていないものだ。いずれもひどく埃(ほこり)で汚れていて、題名が読めなかった。あれこれ考えたかったが、調査を急がなければならない。後でじっくり目を通すことにして、テーブルの上に置いた。

ユースタス・ジョン・シェルトン（一八八一—一九四七）は、反対側の壁の彼の父と母、妻と同様、本物ではなかった。そして、ウォレス・シェルトンの妻ヘレン・ジェーン・シェルトンもまた、作り物だった。だが、名前が刻まれていない最後の棺を開けたとき、むっとするような臭いの中にかすかな腐敗臭があり、これは本物の死体だとわかった。

僕は感情を排した目で死体を観察した。この棺の死体を包んでいるのは死衣ではなく作業着だ。カーキ色のシャツと乗馬ズボンにごつい皮のベルト。ブーツは履いていないが、骨にかぶさっている厚いソックスが、今ではぶかぶかになっている。

たぶん、彼が死んだときのままの服装なのだろうと推測したが、やがて、推測ではなく、事実そのとおりだとわかった。死体は人形のようにうつ伏せになっているのだが、シャツの後ろ襟に、大きな黒っぽいシミがついている。ランプをぐっと近づけて、まっすぐな髪を慎重によけてみると、後頭部に楕円形の穴が開いていた。もし、この頭を振ったら、頭蓋骨の中でコトコトと銃弾の音がするかもしれないと、ふと馬鹿げたことを想像した。

そろそろ引き揚げよう。長椅子から降りて、もう一度、ガラスで圧迫された死に顔をじっくり見た。この前もそうだったが、生前の顔立ちと重ね合わせることはできないが、何も見えない目で僕を覗き込んでいるのは誰なのか、今はわかるような気がした。

これは、ウォレス・シェルトンだ。このすらりとした骨格と体格のよさでわかる。ソール・レギアの特徴は——いや、彼ではない。

ドアに向おうとしたとき、本とノートを思い出した。それらを手にして、一とおりざっと部屋を見回した。テーブルとカトラリー、ゴブレットと卵型のクリスタル、棺、長椅子、カウンター、キャビネットと重厚なカーテン。時がたてば、きっと、この光景を忘れることができるだろう。そう、思いたい。

僕はすばやく部屋を出ると、片手にランプ、もう一方の手に本とノート、ベルトに梃子を差し込んだぶざまな格好で、できるだけ早くトンネルを進んでいった。カラザスの部屋へ向う分岐点で体の向きを変えようとして、凍りついた。

トンネルの奥に届く光の先をかすめるように、人影が動いた。公爵の部屋の下あたりだ。顔と黒っぽい服を見たように思うが、ほんの一瞬のことだったので、何も見えなかったのかもしれない。だが、それが僕の想像であってもなくても、大きく安堵の息をついた。彼は僕に会いたくないのだ。こちらだって、今は絶対に会いたくなかった。

僕はそのまま、出口に向かった。

ランプに火をつけて、低木の枝に吊り下げた。埃を払ってから、本とノートをじっと見た。小さい方の緑色の表紙にはこう書いてある。

家畜を害する昆虫

F・H・S　ロバーツ博士

表紙をめくってみると、見返しに、鉤ばった文字でこう書いてある。ソール・レギア、一九五三。

口絵は、七種類のクロバエのカラー写真だ。オーストラリアで羊から羊へ病気を伝染させる媒体だ。反対側はイラストレーションで、書名について再び詳しく述べてあり、著者の資格と相当の経歴が記されている。

見出しと文に注目しながら、ぱらぱらと指でページを繰っていった。分類……蛛形類……家禽を害するノミ……海外諸国でよく起こるジフテリアはほかにもある。例えば……新たに羽化した幼虫は、もし羊がいなければ、皮膚の表面に入り込み……マラリアを媒介するのはハマダラカ属アノフェレスに限られていて……。

ページの間に、こんな新聞の切り抜きが挟んであった。

危険、ヒメグモ科の毒グモ

最近、庭に毒グモが増えているという報告が多く寄せられる……。

低木の茂みには、毒グモより危険なものはいる。だが、この昆虫に関する本は……これはソール・レギアの蔵書だ。彼は、目をみはるほど素晴らしい畜産学のコレクションを持っているとカラザスが言っていたから、意外ではない。それが地下室にあったからといって、六番目の棺に入っているのはウォレス・シェルトンであるという思いは変わらなかった。

次に、大判のノートを手にして、仰天した。表紙の汚れを拭き取ると、来訪者記録と題してあるではないか。驚きつつ開けてみると、白紙のページが残っているだけで、あとはごっそり破りとられていた。

たぶん、あの部屋の訪問者の名前が永久に失われたのはいいことなのだ。この部屋で不吉なことがなされていたという事実は今も残っているのだから。僕は本を脇に置いて、『検死審問での証言』いうラベルがついたファイルを取り出した。ウォレス・シェルトンの後頭部にあった銃弾の穴を思い出し、火事で燃え尽くす前にすでに死んでいた犠牲者がいるかもしれないと思ったからだ。

犠牲者たちの検死を司った医学士で理学士ジェームス・マクスウェル・リッチウェルの証言を取り出した。彼にとって楽しい仕事だったとは思えない。

「私は、ペラディン渓谷にいた未亡人、サラ・グレンウッド・ウィリアムズと思われる女性の死体を調べました。故人は、無傷なのは皮膚のほんの一部分のみという、全身やけどの典型的な特徴を呈しておりました。私見では、彼女は、全身に火傷を負う前に息絶えています。火でひどくやられる前に、煙にやられたのです。その根拠は、分光器で調べた彼女の血液にはカルボキシヘモグロビンが多く含まれていたからです。還元剤で処理しても減少しない。一酸化炭素が煙という形で吸い込まれたという徴候で……」

リッチウェル博士の証言は、サリーの三人の息子ジョージ、フランク、テッドに関してもまったく同じだった。ヒルダ・チャドも同様だったが、チャド一家の場合、火傷による損傷ははるかにひどいものだった。

だが、ビリー・チャドに関する彼の証言は、無難ながらも、新しい材料を示してくれた。

「ウィリアム・アボット・チャドと思われる死体は、四十五歳くらいの男性です。死体には、焼かれたということがはっきりと表れているのですが、ほかを検査した結果、実際には、一酸化炭素による窒息死でした。彼は体が黒焦げになる相当前に、意識を失っていたにちがいありません」

「しかしながら、死体には、身体的損傷の痕がありました。頭蓋骨の基部の骨折がはっきりと見られます。死体は、彼の自宅の廃墟の中から発見されたので、他の傷も含め、落ちてきた梁か垂木が原因と考えて差しつかえないと思います……」

博士は、とりわけ、一酸化炭素中毒に言及するとき、なるべく遺族に胸が張り裂けるような思いをさせないように配慮したのではないだろうか。パット・カラザスの場合には、明らかにその配慮が読み取れる。

「パット・ジャイル・カラザスと思われる死体を調べました。二十代から三十代の男性の死体です。内臓はどこも、きわめて健康な状態でした。死因は、紛れもなく、煙による窒息死、つまり、彼は煙に巻かれ、大量の一酸化炭素を吸ったということです。一酸化炭素が、一気に意識を失うほど大量に血流に吸収されたと言っても差しつかえありません……」

当時、いささか勘のいい人なら誰でも、リッチウェル博士はえらいと思ったにちがいない。約六年を経た今、僕も同じような賞賛を贈る。彼は、遺族に苦痛を与えないという情けに富んだ陰謀に加担したのだ。だが、彼が証言を曲げているとは思わない。つまり、犠牲者の中に、火事の直前に殺された者が一人ならずいるのではという僕の考えは、証明できないのだ。椅子(いす)から立ち上がり、タバコに火をつけた。暗い夜で、むしむしする。薄く雲がかかっていて、星の輝きには精彩がなかった。谷間の上方の暗闇(くらやみ)を背景に伸びている樹皮の白いユーカリの幹が、青白く見える。黒いさざ波をたてて、わずかに音もなく流れる小川の水が、ランプの灯りに反射して、ときどききらめいていた。

タバコをひねり消して、冷蔵庫に缶ビールを取りにいった。闇夜に鳥の鳴き声は聞こえず、動物がうごめく気配もない。僕は数式にして、考えをまとめた。

A＋B＋C＋D＋………＝下卑た楽しみ
A＋B＋C＋D＋………＋ソール・レギア＝惨事

八十年以上前、突然オックスフォードから二万キロ離れたペラディン渓谷にやってきた初代のシェルトンのことを考えた。彼はここに骨を埋めただけでなく、癌(がん)のように分裂した彼の性質を植えつけた。その癌は、息子、孫へと拡がり、治るどころか、ソール・レギアまで不治の病にした。天から堕ちた傲慢(ごうまん)な大天使ルシファーのように、堕ちてゆくソール・レギアは全員を道連れにしようとしたのだ。彼は、地下室の棺にシェルトンを入れ、生存者の捜索に来た人々の目をごまかした。

僕の手をつかんだ手が硬く荒れていて、怪我をしていたのも合点がいく。

ビールを飲みながら、ロバート博士の『家畜を害する昆虫』を手に取り、ぱらぱらとページをめくっていた。頭の中は、パット・カラザスと彼の理不尽な死のことでいっぱいで、クロバエのきれいなイラストレーションで飾られた口絵も、書名のページも、編集者のページも目に入っていなかった——そのとき、出版年の下にある鉛筆の書き込みに吸い寄せられるように目が行き、カラザスのことは頭からすっ飛んだ。

ページ五五、一〇七、一〇八、一一〇、一一六を見よ。

五五ページを開くと、鉛筆の印がついた項があった。一〇七ページにもまた下線を引いた項があり、僕は指を震わせながら、残りのページをすばやく開いていった。ここに、一番目の陰謀を解く鍵（かぎ）があるのだ。

五五ページ

腐食昆虫は、動物の死骸（しがい）を食べる習性のために、病気を伝染させることで知られている。例えば、炭疽菌……。

一〇七ページ

ケバエもまた、病気を伝染させる。ケバエは間断的に動物の死骸を食べる習性があるため、多くのトリパノソーマによる病気の媒体になる……牛のナガナ病やほかの動物の病気もそうである。炭疽は、似たような経路で伝染する……。

一〇八ページ

前述した伝染病の中でも、オーストラリアで発生するのは、炭疽とアナプラズマ病だけだ。前者は比較的珍しい伝染病で、疫学では、現在のところ、ケバエと密接な関係があるという結論には達していない……。

一一〇ページ

確かなことは……ここでは、イエバエが、結核、チフス、赤痢、小児麻痺、コレラ、炭疽などのような人間の伝染病の原因になる……。

一一六ページ

サシバエは、馬の胃の寄生虫ハブロネマ・マイクロスタマの中間宿主である。オーストラリアではどこにでもいるもので、牛の回虫シテアリア・サービの中間宿主でもある。ハエは、鶏痘、炭疽（たんそ）の媒介であるとみなされ……。

共通因数は炭疽……。

11

惜別の鐘にスズドリのさえずりを聞きたかったのだが、夜のうちに北風が吹き始め、陽が昇るころには大風になっていた。聞こえるのは、樹間で唸(うな)りをあげる音ばかりだ。

それはたぶん、スズドリのコーラスよりも別れにふさわしいものだった。僕はやろうと思っていたことはすべてやった。そして、残ったのは苦い思いだ。巡査仲間のトンプソンから、カラザスと、火事のその後の詰を聞かなかったら、僕はこんな追及をしなくてよかっただろう。

結局、第一の陰謀は、単純なものだった。炭疽が、人間にも動物にも災いの種だったのだ。独占欲が強く、他人に心を開かないウォレス・シェルトンは、悩み苦しんだが、自分流のやり方で戦おうとした。炭疽の発生を関係官庁には一切報告しなかった。ペラディン渓谷はシェルトン個人の王国で、誰も手出しはできない。シェルトン一族は、行為の善悪などどうでもよく、自分たちのやりたいようにやった。

カラザスはこの陰謀を知らなかった。表向きは羽目をはずした酒盛りに見せかけて、炭疽に感染した牛を連れ出して処分したことは二度あった。その都度、彼は薬を盛られて具合が悪くなった。実際にやっていることを隠すため、彼を酒盛りに参加できないようにしたのだ。それに、彼は、暴動で死んだ牛をなぜ食用に供しないで焼却してしまったのだろうといぶかしんでいた。もし、炭疽のことを知っていたら、そんなことは考えなかっただろう。

ついに、病気の感染を抑えきれなくなったシェルトンは、牧場の牛を全頭処分することにした。神の所業に見せかけるため山火事を利用することにし、絶好の機会を待った。そうして、なんとしてもその埋め合わせをしたいと考えた——例えば、保険金だ。そして、本当にそうしたらしい。トリスト社の報告によれば、火事の後、アダム・クイントリーがシェルトンの財産管理代理人として莫大な保険金を受け取っている。

もちろん、ウォレス・シェルトンが牛を焙り焼きにして殺すつもりだったとは思わない。牛を集めて銃殺し、死体を焼却するつもりだったのだ。そして、もし、銃弾の痕が見つかったら、つまり、陰謀がうまく運んでいたら、誰も疑念をもたなかったにちがいない。牧場が火事に見舞われた場合、一般に、瀕死の動物たちを痛みから救うため、銃殺するのだ。

そう、最初の陰謀は単純だった。そして三つ目の陰謀——沈黙することも単純だった。ペラディン渓谷に住んでいたものとして、トンネルや死人のいる部屋、最後には、火事で九人、いや八人を死なせてしまった激情について、語りたいと思う者がいるだろうか？　だが、二つ目の陰謀――それは全てソール・レギアの仕業だ。僕は、はじめ、火事が同時に多発した――屋敷、牛を駆っていく男たちの背後、チャドの小谷、サリー・ウィリアムズが死んでいた低木――と考えたが、釈然としなかった。次に、虫眼鏡と、ヒューズと雷管のことが頭に浮かんだが、解明の糸口はカラザスの一通の手紙の中にあった。たぶん、カラザスは無意識に、ソールに復讐(ふくしゅう)の方法を教えていたのだろう。

……子どもたちはかなり、知性に欠ける。彼らには視野というものが全然ない。だから、僕は、なるべく彼らが学校で……音楽、芸術、演劇に触れるようにさせている。自然科学も少し教えている……目を丸くしている彼らの様子を君に見せてあげたい。たとえば、戸外でリンが燃える様子は……。

水のいたるところに、リンを少しずつ置いておく――それだけで充分だ。猛烈な熱と表面を焦がす熱風で水が蒸発すると、リンは発火して炎となり、火事になる。もちろんリンを入れたのはケーキ用平鍋(ひらなべ)だ。火事の後の捜索で、焼け焦げたケーキ用平鍋が二つ発見されているし、元帳には、レギアの借方欄の最後に、ケーキ用平鍋十二個分が記入されていた。ミュリエル・レギアが購入したと思っていたが、今、はっきりわかった。買ったのはソール・レギアだ。

朝食を食べると、テントを撤去し、ジープに積みこんだ。いまだに答えのでない疑問や説き明かせない矛盾が残っている。それに白髪の老人の問題もある。だが、僕にはもう充分だった。要となる秘密がわかったのだ。このへんで、ペラディン渓谷から立ち去り、この地のことは二度と考えないのが最善だ。

しかし、いくつかのものはジープに積まなかった。土があまり固くない川のそばに穴を掘り、カラザスの腕時計、パプア人と思しき二つの頭蓋骨（ずがいこつ）、一部分焼けてぼろぼろになった元帳一冊、三ペンス白銅貨一枚、フロリン白銅貨一枚、一セント銅貨五枚、愛の言葉が書いてあるメダル三枚、大事な部分が破りとられている来訪者記録と『家畜を害する昆虫』というソール・レギアの本を一冊入れた。

さらに、トリスト社からの報告書と新聞記事の切り抜き全部、そしてカラザスの手紙を一通も残さずにいれた。僕はちょっと一息つき、火事の三日前に書かれた最後の手紙に目を通した。

長期休暇を終えてペラディン渓谷に戻ってくるのは気が重かった。この土地は変わってしまった。もちろん、長く厳しい夏のせいもあるが、人々は痩(や)せ衰えて、目はぎらつき、いらついている。

来週はトロスポで年に　度のカーニバルがあるから、なんとなくわくわくしているようなところがあるが、カーニバルは非現実的なことで、たいした意味がない。だが、僕が感じている変化は、雰囲気の変化と言える。この土地の静けさは消えてしまった。この言い方では不充分だ。静けさというのは、吹きすぎる風、牛の大きな鳴き声、子どもたちのわめき声に感じる心の平安のことだ。

今、僕の耳の底に、たえずざわめきが聞こえる。このざわめきからのがれることができれば……。

カラザスの耳には、ペラディン渓谷が瓦解(がかい)してゆく音が聞こえたのだ。それが警報だと察知すれば、命を落とすことはなかったのに。

僕は手紙を穴に落としいれ、続いて、彼が撮ったペラディン渓谷の写真とスライドを入れた。それから、持参のカメラからフィルムを抜き取り、光に晒(さら)して放り込んだ。最後に、自分の日記も入れた。

何が書いてあるかわからないように、鉄梃で何度も叩いて紙をすりつぶし、紙くずにした。土をかけ、しっかりと踏み固めた。そばを流れる小川の水が染み込んで、僕が取りかかったことにけりをつけてくれるだろう。

風が緩んで小康状態だ。スズドリのさえずりが聞こえたような気がした。断崖を覆っている乾ききった低木と灰色っぽく色あせた木々が、一様にだらりとうなだれ、音をひそめている。今しがたの埋葬を見られていた、不意に、そう確信した。誰かが背後の低木からじっと見ている。

頭の中の窓が開いた。中をすばやく覗き込むと、一人の堕落した男と炎に包まれたペラディン渓谷、ウォレス・シェルトンの頭に突きつけられたピストルとシェルトンを持ち上げて六番目の棺に入れるたくましい腕が見えた。それに対する良心の呵責と償おうとする心。六年もの間、かつては大手を振って思いのままに歩き回っていた場所を、男は、薄汚れた姿でこそこそと動きまわっている。これが償いでなくて、何だろう?

僕は衝動を抑えきれず、叫んだ。「レギア!……レギア!」

答えたのは、新たに力を蓄えて丘を渡る風の音だけだった。

「いいだろう」僕は大きな声で言った。「握手だ」

ふたたび、風が一気に小谷に吹き込んだ。

振り返るな、わき見をするなと決心して、車を走らせた。谷に吹き付ける熱い風を突っ切って、残骸や焼けた木々、黒焦げになった丸太や夥しい骨の中を進んでいった。だが、牧場の正門へ向う途中にある橋の焼け跡まで来たとき、ある考えが浮かび、どうにも拭いきれなかった。

四つ目の陰謀はどうなんだ、ハミルトン？　ローリー・コーベットを永久に黙らせるということ？　それはどうだ？

自分の時間をどう使おうといいではないかと自分を納得させ、西方にハンドルを切った。巻くような風が火炉の炎みたいに顔に吹きつけてきた。小川を徐行して進み、西の火事避難所に向かった自分の車の跡を辿っていった。以前と同じ木陰にジープをとめて、懐中電灯を手に、入口まで登っていった。天井に頭がつかえないようにしてトンネルを進み、煙防止カーテンをよけてから、左に折れ、もう一度左に曲がって洞穴に辿り着いた。

懐中電灯を掲げて、天井のろうそくの煤の中に記されたR・Cという文字を照らした。僕は考えた。ローリー、おまえのやったことは、自分のイニシャルを残しただけではない。おまえは最初の陰謀のみならず、二つ目も、三つ目も知っていた。長い間、皆はおまえを殴ったり、蹴ったりしてきた。逃走したおまえを追跡し、強引に連れ戻した。おまえは考えた。さあ、おれの番だと。ペラディン渓谷を出ようと思えば、止める者は誰もいない。火事のせいで多くの喧嘩好きたちが救出に繰り出し、いなくなった。今度は、彼らに償ってもらう。償わないのなら、しゃべってやる。

彼はそれを実行し、生き残った者たちを脅迫したのだ。自分を痛めつけてきた者たち――コーベット一家、レギア一家、グラハムズ一家、ミラー一家、それに、なんと言ってもアダム・クイントリーとハリエット・シェルトン。コーベットの言い分を聞いてきた彼らだったが、ある闇夜、誰かがついに、人目につかないメルボルンの小路で彼を絞め殺した。

だが、一体誰が？ ほぼ推測はつく。だが、そこまで考えて、急速に興奮が凋んだ。だから、どうだというんだ、ハミルトン？ 荷を下ろしたんじゃないのか。全てを忘れることにしたんだろう？

僕は洞窟を後にした。外に出ると、熱い風が唸りをあげて吹き付けてきた。袋に入っている冷たい水が飲みたいと思いながら、崖を下り、ジープへ向かった。このまま、ここからひたすら車を走らせれば、日暮れには、真っ青な太平洋で水浴びできるという考えが浮かび、それも一考の価値があるような気がした。

そのとき、はたと足をとめた。ジープの陰から、男が現われたのだ。カーキ色のシャツにズボンという格好の痩(や)せた長身の男で、つばの広い帽子をかぶっている。白髪で、目鼻立ちが整っている。あのハンサムな老人だ。

真っ青で、冷ややかな目をしている。「ミスター・ハミルトン」彼は言った。その声は、目に劣らず冷ややかだ。

「僕を知っているんですね」僕は言った。

「プロクターというものだ――ジェームス・プロクター。君はたぶん、もう知っているだろう」

ペラディン渓谷に関係する名前は全部覚えている僕は、当然知っていた。このハンサムな老人は、火災後のペラディン渓谷に、最初に足を踏み入れた人物であり、ウォレス・シェルトンとソール・レギアの遺体捜索を陣頭指揮し、カラザスとウィリアムズ兄弟がトロスボの居酒屋で起こした騒動を担当した判事だ。〈老牛飼いで、若い頃には、なかなかの暴れ者〉とカラザスが手紙に書いていた男だ。

なるほどと頷(うなず)ける。彼は今でも胸板は厚く、腕は隆々としていた。だが、ずいぶん超然と構えていて、うちとけない態度だ。僕は致命的な一撃を食らったように、俄(にわ)かに胸が騒いだ。

「前に、あなたを見たことがある」僕は、冷静を装って言った。

「そうでしょうな」彼は答えた。「君は、ずいぶん辛抱強い男ですな、ミスター・ハミルトン」彼はちらりとジープを見やった。「まるで旅に出るような荷物ではないか。渓谷を出て行くところかな?」

「そうです」

「目的は果たしたというわけか?」

「やろうと思っていたことは」僕は返した。

「先を急いでいるのなら、お許しいただきたい、ミスター・ハミルトン」彼は、冷ややかに皮肉っぽく言った。「だが、お互いにきちんと話をする必要があると思うのでな」

「この状況では、僕もそれが必要だと思います、ミスター・プロクター」

「だが、ここではまずい、ミスター・ハミルトン、こうもお天道様の真下では。もっと涼しいところへ行こうじゃないか? 車でついてきなさい」

よそよそしく、堅苦しい態度やもの言いではあっても、ハンサムな老人は緊張していた。だが、緊張しているのはこちらも同じだった。僕はジープに乗り込むと、彼の後について、ゆっくりと百八十メートルほど南に向かった。到着したのは、急傾斜の崖の壁が凹んだところで、ここなら陽射しを完全に避けられた。小さな木々やシダ、蔓植物が生え、水がちょろちょろと岩に流れ落ちている。それと、日陰に、埃だらけの大型ワゴン車が停まっているのが見えた。

僕は車から出て、袋の水をカップに満たすと、ミスター・プロクターに差し出した。彼は丸太に腰を下ろして、平らな岩に背中を預けると、帽子を脱いだ。白髪が額にべったりはりつき、相当に疲労の色が濃い。

彼は首を横に振って水を断った。「腰を下ろしてくれたまえ、ミスター・ハミルトン」彼は言った。

僕は自分で水を飲んでから、腰を下ろせるような丸太を見つけた。

「私を見て、驚いたかね?」ミスター・プロクターは訊ねた。「先夜のことだが?」

「それほどでもなかった」僕は言った。「驚きというなら、あなたが、僕の名前と、僕がここにいることを知っている方が意外だ」

彼は鋭い視線を投げた。「君の最後の任地はテレフォミンだったな?」彼は訊ねた。

「そうです」

「私の甥が、たまたまマダンの政府文官なのだ」彼は言った。「君は承知しているだろうが、北部特別地区のようなところでは、行政官は誰でも、同僚の仕事、能力、趣味に至るまで、全て把握している。甥っ子は、君がペラディィン渓谷に来ていると手紙に書いてきた――そして、その理由も」

「あなたはペラディィン渓谷とどういうつながりがあるんです、ミスター・プロクター?」

「私のペラディン渓谷にたいする関心は、命にかかわるほど重要なものなのだよ、ミスター・ハミルトン」

「どうして？」

「それは後回しにしよう、君がかまわなければ」今度も、あからさまに、皮肉を込めたよそよそしさで彼は言った。「君はここでやりたいことは、全てやったと言った。それで、君はどうするつもりでいるのだね？」

「ちょっと、待って」僕はつっけんどんに言った。それから彼のしかつめらしい堅苦しさを真似て、声を落とした。「一つ二つ、質問してもよろしいでしょうか？」

「結構だ」

「あなたは、どれくらいここにいるんです？」

「大体、君と同じくらいだ、ミスター・ハミルトン」

「ですが、先夜は出て行ったでしょう？」

「気にすることはない、ミスター・ハミルトン。買出しに行っただけで、君のことは誰にも話していない。戻って来たら、君がいなくなっていればいいのにと思ったが、君はいた。それで、君と話をする必要が生じた。君のことをずっと観察していたんだ、ミスター・ハミルトン。もし、君があのままま っすぐ渓谷を出て行ったら、私とすれちがっていただろう。

だが、君はここに来ることにした、それで、私もここに来たのだ。納得できたかね？」

「今のところは、ミスター・プロクター」

「それでは、私の質問だ。ここで発見したことを、君はどうするつもりなのかね？」

「別に」

「別に！　だが、君の目的は、本当はペラディン渓谷で何が起こったのかを明らかにすることだった。私の甥の話では、君は暑い季節に休暇をとる必要があった。君は真相を明らかにするつもりだったんだろ、ミスター・ハミルトン」

「明らかにするつもりはありません」僕は言った。「何もするつもりはありません。全部はわからないが、納得した。納得したから、ペラディン渓谷のことを全て忘れることができると思った。本当に、忘れたい、ミスター・プロクター」

「本当かね？」

「本当です」

彼の態度が少し、軟化した。「水を一杯飲ませていただけないかな？」彼は訊ねた。

彼は立ち上がりかけたが、僕は彼に先んじて、カップに水を入れて渡してやった。

彼は、暑い土地での水の貴重さがわかっているというように、ゆっくりと飲んだ。

「ありがとう」彼はカップを戻しながら言うと、岩に背中を預けた。「ミスター・ハミルトン、差しつかえなければ、君がわかったことを全部話してくれないだろうか？　ずうずうしいお願いだが、私には重要なことなのだ――とても大切なのだ」

彼が顔の汗を拭うのを眺めながら、キャンプをうろついていた彼の姿をおもんばかり、僕は答えたものかどうか考えた。彼はかなりの老齢で、今は年相応に見えた。

「お願いだから」彼は言った。「一部始終をどうか」

僕は、モレスビーでパット・カラザスと出会ったことから始めて、ここに着いてからの話をざっと語った。彼はだまって耳を傾けていたが、最後に、屋敷の地下のトンネルから脱出したときの話に、一度だけ口を挟んだ。

「君は残りのトンネルは調べなかったのか！」彼は言った。

「どうしてそうしなければならないんです？」僕は言い返した。「充分にわかったのです」

彼は驚いたというように、首を横に振ったが、何も言わなかった。僕は話を続けた。頭上では、木の間を吹き抜ける風が唸り、陽が高くなったので、日陰はほとんどなくなった。一段と暑さが増している。黄色くなった草は渓谷の大気に晒されてうなだれ、風に当たって震えるように左右に揺れている。二人とも、それほど不快さを感じていなかった。

「九人が死んだ、ミスター・プロクター」僕は話し終えた。「いや、どうしても、死んだのは八人としか考えられない。彼らについては何もできないし、したいとも思わない。彼らは死んだのだ。それに、誰かが自分で選んだ償いを、僕が改めることはできない。加えるつもりもないし、減じるつもりもない」

「ありがとう」ミスター・プロクターは言った。彼の青い目は、思い出を辿っていた。「パット・カラザスか——そうだ。カラザスとウィリアムズ兄弟が起こした酒場での騒動を思い出す。知っているだろうが、私は一行も記録に残さなかった。若い者がたまに鼻を潰しあったって、たいしたことじゃない。たとえ、警察官であっても。カラザスは気の毒だった」

さらに話を聞き出すにはちょうどいい時だ。

「ミスター・プロクター、カラザスの手紙のことはすでに話しました。彼の写真とスライドのことも。手紙には一度だけ、あなたのことが書いてありましたが、あなたの写真は送ってこなかった。しかし、あなたにとってペラディン渓谷は大変重要なのだという。なぜ、カラザスはそのことを知らなかったのでしょう？　どうして、写真を送ってこなかったのか——？」

腰を下ろしている丸太が、地面ごとぐらりと揺れたような気がして、心臓がどきっとした。だが、とっさに振り向こうとしたとき、風の音に混じって、ドカーンと爆発音がした。ミスター・プロクターと僕は、渓谷の広い場所に飛び出した。

屋敷の敷地のそばで、砂塵混じりの黒い煙がもくもくと渦を巻いて立ち登り、マッシュルームのような形をなしている。その煙が妙に上端を平らにして風になびいていった。

「ああ、なんてこと！」ミスター・プロクターは言った。「なんてことだ！」

彼は顔面蒼白（がんめんそうはく）だった。黒い煙と対照的に、白い煙がよじれるように立ち昇り、暗い雲の下を長い旗のようになびいて、勢いよく流れていく。そして、白い煙の下で、赤い炎の穂先が踊り、火は急速に裂けて広がっていった。

「急いで！」ミスター・プロクターは言った。「ここから脱出しなければ」

「待って」渓谷をまっすぐに流れていく煙を見ながら、僕は言った。「全く、危険はない。火は通り過ぎていくでしょう」

ミスター・プロクターは僕の肩をつかんで、小谷の方に押し戻した。「火事じゃないんだ、ミスター・ハミルトン。問題は火災警備員だ。半時間のうちには、このあたりに偵察機が飛んでくる。君は見られてもかまわないのかね？」

「とんでもない！」僕は駆け出した。

「なんとか逃げられるだろう」僕の横で急ぐミスター・プロクターは、激しい息遣いだ。「姿は見えなくても、我々が草に残した跡はきっと目立つ。ガソリンはたっぷりあるかな？」

「充分あります」

「結構。行こう。私についてきなさい。パンクしたり、エンジンが故障しないことを祈ろう」

ミスター・プロクターの祈りの効験あらたかだったのだろう、我々はなんのトラブルにも見舞われなかったが、彼の運転は、まるで事故を望んでいるかのようだった。西側の壁の裾に沿って、たえず六十五キロを下らないスピードで、北をめざした。時速六十五キロ以上のスピードで走るのはひどく緊張した。地面を蹴散らし、小石をはねとばし、草の陰で芽をだしている若木を根こそぎにした。

僕の前を走るミスター・プロクターのステーションワゴンは、跳びはねたり、沈んだり、横滑りしたりしている。ジープの運転席に座る僕は、まるで馴らされていない雄馬に乗っているようだった。余裕があるときに振り返っては、火とすばやく南方に流れていく煙を見やった。ソール・レギアと屋敷で起こった轟くような爆発音を考えた。数年前にやるべきだったことを、彼はついにやったのか——あの地下室と自身もろとも爆発させることを？

ミスター・プロクターは屋敷の北側で東方に曲がり、さらに疾走し続けた。彼のとったコースは消防車の残骸のそばを過ぎたが、彼は見向きもしなかった。スイミングプールがあった低い丘を避けるため、わずかに南の方にハンドルを切った。屋敷のそばを通ると、爆発の火元にまだ煙が立っていた。大量のダイナマイトが吹っ飛んだのだろう。屋敷から向こう、今、火が燃えているところまで約五キロメートルほど黒くなっている。だが、渓谷の南の方のはずれには、黄色っぽい白煙が天蓋のように広がっていた。

我々は小道を疾走し、車をがたがた揺らしながらクリークを渡り、ビリー・チャドのところに辿り着いた。ミスター・プロクターは、小谷の上方の端にある低木の奥まで強引にステーションワゴンを乗り入れると、僕に合図をして、空からジープが見えないところまで誘導した。

僕は膝をがくがくさせながらジープから降りると、袋の水をカップに満たし、ミスター・プロクターに持っていった。彼は、今度もゆっくり、慎重に飲んだ。青い目は落ち窪み、頬には不健康な赤い斑点が浮かんでいる。

僕も水を飲んで、言った。「そろそろ、あなたに答えてもらう時だと思います、ミスター・プロクター」

だが、彼は手をあげて制した。「ほら、来た」彼は言った。

唸りを上げて木々を渡っていく風の音にまぎれて、飛行機のブーンという音がかすかに聞こえた。ミスター・プロクターと僕は仰ぎ見もしなかったが、たとえ見たとしても、濃く繁る葉が邪魔して、機体は見えなかっただろう。だが、音から察すると、飛行機は屋敷の上空を一、二回旋回し、南の方へ飛んでいったらしい。低く重々しいエンジン音が聞こえたから、火事の上空を一周したことは間違いない。その後、ぱったりと音がやんだ。

「戻っていった」ミスター・プロクターは言った。「火事は自然消滅すると判断してくれるといいのだが、おそらく、暗くなるまでに警備員がやってくるだろう。ぐずぐずしてはいられない」

「ミスター・プロクター、ぜひ知りたい――」

「事は一刻の猶予も許さない。君の知りたいことは後にしよう」彼はそう言って、低木から分け出ると、大股（おおまた）で小谷を下った。「ミスター・ハミルトン、何も言わずに、私についてきなさい」

我々は、僕がキャンプを張っていた場所に着いた――高い木に囲まれている空き地だ。左手にチャドの平屋の跡、右手には、小川の水がゆるやかに谷に注ぎ込んでいる。

ミスター・プロクターは、僕が全ての遺品を埋めた場所をじっと見つめた。何も言わずに、細流を飛び越え、反対側にある木に覆われた急なスロープを登っていった。僕は後に続きながら、思い出した。この経路は、先夜、彼がこっそりキャンプに現われたとき、去っていった道だ。

彼は足をとめて、僕を振り返った。「ミスター・ハミルトン」彼は深刻そうな声で言った。「君の話を聞いたとき、わずかな痕跡（こんせき）から筋を追う君の技量に感服した。ぞっとするような状況に見舞われたときの君の度胸もたいしたものだ。だが、君には見落としていることがある。溜（た）め池（いけ）に流れ込んでいる水の源を、君はまったく調べようとしなかった。そうしないでよかったのだろうが」

我々は次第に険しくなる道を登り続けた。低木が徐々にまばらになり、足場が悪くなった。だが、道を辿(たど)っていることは確かなようだ。人がよく通る道ではなく、ある目的のためにだけ通る道。そのとき、突然、地面の一部分が黒っぽくなっているのを発見した。僕はそこを触ってみて、指先についた粘りつくような赤い色のものを観察した。

「ミスター・プロクター！」僕は叫んだ。「血だ！」

彼は振り返って、僕を見た。激しい運動で顔は赤らみ、胸は波打っている。だが、血が飛び散っている様子はない。

「わかっている」彼は言った。「それは私の血ではない」

血は、その先もさらに続いていて、最後の急斜面を登りきると、岩にも斑点(はんてん)のように落ちていた。僕はソール・レギアを思い浮かべた。命を削りながら、割れた爪(つめ)の指先で急斜面の縁にしがみつき、力を振り絞って這(は)い登る姿。

ミスター・プロクターは先を急ぎ、今は走っている。この高台に生えている木は背が高い。ユーカリとか、ある一区画には、ハナミズキとうなだれているようなサルサパリラがうっそうと繁っている。木々は突風で、左右、上下に揺さぶられ、南の方を見渡すと、巻いたりねじれたりしながらくねくねと流れていく黄色っぽい煙がかいま見えた。

小谷の頂上に着いた。ここにも、ちょっとした小川があり、黒っぽく湿った土手の間を流れて、玄武岩の深みに弧を描いて注ぎ込んでいる。我々は左手の上流をめざし、ハナミズキやワラビの茂みの中をなんとか進んで、陽が射さない空き地に出た。そこには、小屋と思しきものが建っていた。だが、それは小屋ではなかった。下方の溜め池の背後にある洞穴のように、入口と窓がついた木の壁で、岩の洞窟を塞いでいるのだ。入口の横に、緑の苔が生えた岩があり、そこにごぼごぼと水が湧き出ている。そこから立ち上る水蒸気が、あたりの空き地に巻くように広がっている。空き地には木のベンチと、岩と鉄の板でこしらえた野外炉が置いてあった。

ミスター・プロクターはあえぎながら、身を投げ出すようにドアから中に入った。彼と一緒に、僕も中に駆け込んだが、突然の暗さに目が慣れるまで、じっと立ったまま動かずにいた。徐々に、様子が見えてきた。ミスター・プロクターは、作り付けの寝台の横でじっとしていた。寝台は、地面に突き刺したユーカリの柱に、目の粗い金網と粗布を吊り下げて作ったものだ。毛布がぐちゃぐちゃになっていて、誰かが横たわっている。擦り切れた底の厚いブーツ。汚れたカーキ色のズボン。爪に黒い汚れがたまり、割れている。血のしみがついたシャツ。もじゃもじゃにもつれた髪の毛。硬そうでまだらになった肌。彼は死んでいる、もちろん——。

「なんと！」僕は言った。「女じゃないか！」

ミスター・プロクターは僕を見た。彼は無表情に言った。「女ではいけないかね？」

「どうして？」僕は当惑して、彼を見つめた。「わからない、さっぱりわからない。誰――？」

最後まで言葉にしなかった。僕の中で、警戒ランプが点滅しはじめた。だが、ミスター・プロクターは、僕の問いの言葉を全て聞き取ったかのように答えた。

「彼女は私の妻だった」彼は言った。「名前はミュリエル・レイ。君には、きっと、ミュリエル・レギアといったほうがわかりやすいだろう。さて、私が一人なら……」

12

しばらくして、ベンチに腰を下ろしていた僕のところに、彼はやってきた。

「ミスター・ハミルトン」再び、冷淡で油断のない態度に戻り、彼は言った。「こうと知って、君の決意に何か影響があるかね？」

「どういう意味です、ミスター・プロクター？」

彼は目を細めた。「ソール・レギアが、ここで自分の罪を償っていると考えた君は、ここを去り、決して語らず、なんとか忘れようとした。今、君は真実を知った、とても面白い話だ。マスコミはかぎつけ、儲け話とばかり、あらゆる手を使って鼻先を突っ込んでくる。君はどう思う？」

僕は、まるで頭が回らなかった。ただ、ひたすらショックと戸惑いを感じていた。やがて、彼が青い目で、射るように僕を見つめていることに気がつき、彼が言わんとしている意味がわかった。

「ミスター・プロクター、見くびらないでほしい。ペラディン渓谷を去れば、僕は何も知らないし、何も言わない」

こう言いながら、本当に自分がそう思っていることに気がついた。

ミスター・プロクターは、また、探るように見た。「我々はどうしたらいいと思うかね、ミスター・ハミルトン?」

僕はまだ混乱しつつも、すでに自分は三番目の陰謀——沈黙の陰謀に与していることをはっきりと自覚した。ペラディン渓谷を去り、自分が知ったことは、どんな形でも決して口にしないと決心した瞬間から、僕はそうしていたのだ。処罰は覚悟の上で、法的な義務を無視するのだ。

「思うに」私は言った。「キリスト教の埋葬方法ならわかります。今ここで、あなたと僕で、できるだけキリスト教らしく埋葬しましょう」

三時間後、埋葬を終え、二人で小谷に向いながら、僕は思い返した。二人で掘った墓穴、毛布と粗布の死衣、野犬が掘り起こさないように、土の下に丸石を入れたこと、墓の表面をしっかり踏み固め、地面と同じ高さにしてから、さらに丸石をばら撒いて、墓に見えないようにごまかしたことなど。

僕は考えた――なぜ、ハンサムな老人は、墓穴を掘るときだけ、僕が手伝うのを許したのだろう？　それ以外のことは全て、自分ひとりでやると言ってきかなかったのに。シャベルで土をかけ始める前に、なぜ、様々な宝石がびっしりと詰まった段ボール箱を墓に収めたのだろう？　宝石のいくつかは、おそらく彼が彼女に贈ったものなのだろう。

午後四時まで、まだ二十五分ある。ミスター・プロクターは丸太に腰を下ろし、疲れ果てて、ふぅーと大きく息をついた。

「ミスター・ハミルトン、ワゴンの中に冷蔵庫がある」彼は言った。「私は、いささかくたびれた、よかったら取って来てくれないだろうか？」

僕がワゴンから冷蔵庫を持ってきて開いてみると、チキン、ラム肉の薄切り、スライスしたトマト、きゅうり、オレンジ、バターブレッド、スコーン、赤ワインのボトル二本、紙皿とグラスが二個入っていた。

「彼女の分なのだ」ミスター・プロクターは言った。「彼女に必要なものを運んでいたのだ。来るときは毎回、こんなものを持ってきたのだよ。といっても、彼女はよく投げ捨てた――」彼は急に言葉を切った。「二人で食べてしまおう」彼は言った。「手で食べなければならないと思うのだが、君に取り分けてもらえれば」

僕はミスター・プロクターと自分のグラスに赤ワインを注いだ。二枚の皿に食べ物をとりわけ、一皿を彼に渡した。

彼はグラスを掲げた。「沈黙という美徳に、ミスター・ハミルトン――今ここで誓おう」

赤ワインの芳醇（ほうじゅん）な味が口中に広がった。我々はしばらく黙って食事をした。小谷の中で舞う風が、木々を大きく揺さぶり、ビリー・チャドの平屋の燃え跡から黒っぽい埃（ほこり）を巻き上げた。

僕にはまだわからないことがたくさんあった。

まるで僕の気持ちを読んだかのように、彼は言った。「ずっと思っていたのだが、君が忘れようにも忘れられないほど、私は充分話をした。そして、今朝と午後に、君が知りたかったことは全て葬った。だが、あれで充分納得してはいないのだろう、ミスター・ハミルトン？」

「そうです」僕はおもむろに言った。タバコを取り出して、ミスター・プロクターに差し出したが、彼は首を横に振った。「解決にもならない想像でわだかまっているより、忌まわしいが確かな話をはっきり聞いたほうがいい」

彼は赤ワインを啜（すす）った。「そのとおりだ、ミスター・ハミルトン」彼は言った。「あらぬ想像ばかりで苦しめられる。これまでの私は、そうだった。これからだって、たえず想像に苦しむだろう。彼女は私と結婚したが、私を捨て、二人の子がいるやものソール・レギアに走った。彼女は私と離婚して、ソール・レギアと結婚、それから彼を捨てて、ウォレス・シェルトンに走った。シェルトンは彼女を欲しいままにして、はねつけ、放りだした。あの夜、君の友人のカラザスは、彼が言っている本当の意味がわからなかった……そして、そこにペラディン渓谷の陰謀があったのだ。唯一つの陰謀。ミュリエル・レイの醜い野望だ」

彼はまた、赤ワインを啜った。彼の青い双眸（そうぼう）は僕の背後に注がれているが、何も見ていなかった。

「だが、それでも想像が心を蝕（むしば）む、そうじゃないかね、ミスター・ハミルトン？」彼は言った。「君の心は癒えるだろう。私は？　もう手遅れだ。だが、陰謀はたった一つだった。一つだけだ」

僕は、赤ワインを飲んでさっぱりした舌で、タバコを満喫した。「あなたは炭疽（たんそ）のことを忘れている」僕は言った。

「シェルトン家の狂気だろ、ミスター・ハミルトン。うまい表現で――」

「僕が考えた表現じゃありませんよ、ミスター・プロクター」

「わかっている、ウォレス・シェルトン自身の表現だ。彼以上にわかっている人間はいるかね？　だが、彼の狂気は、他人の苦しみを踏み台にして膨らんでいった。考えてみると――」

「炭疽です」僕はきっぱりと言った。

彼の唇が歪み、引きつった。「君は粘り強い」彼は言った。「わずかな痕跡から筋を追っていけたのも、君なら不思議ではない。そうだ、炭疽なのだ。ペラディン渓谷に蔓延した。ビクトリア北部にも突発的に発生したのだが、そこの牧場労働者たちはまともだ。そこでは、少しでも疑いがあると、当局に報告し、検査をして、必要なら健康な牛にワクチンを接種して、免疫処置を施している。感染している牛は始末され、完全に焼却される。

だが、シェルトンは——彼は、自己中心的で、狂っていた。ここは彼の王国だ。彼は周りを排除して君臨した。外部の者は、彼の個人的な問題に口出しできなかった。そして、ソール・レギアも狂っていた、そうでなければ、シェルトンのやったことに耐えられなかったはずだ。彼を狂わせたのはミュリエル・レイだ。彼女は彼の好みにぴったりだった。シェルトンを消してしまえ、と彼は思った。というより、シェルトンを自滅させようと考えた。ミュリエル・レイがいたせいだ——よし、それでは、炭疽に即して考えてみよう」

彼はまた一口赤ワインを啜った。

「君が解いたとおり、シェルトンは二度、感染した牛を茂みの奥深くに追い込んで、始末している」彼は続けた。「そのいずれのときにも、カラザスははずされた——彼は正直な男だったからね。だが、感染した動物を殺しただけでは、炭疽は取り除けない。炭疽菌は非常に耐性がある。土のなかで何年も生きる。火災に先立つ夏の暑さで、シェルトンの家畜に病気が蔓延した、それで、彼は疑いを生まないような方法で、全部処分することに決めた。山火事が起きるのを待ち、火事を利用して家畜もろとも渓谷を焼き払い、始めから出直そうとした。ミュリエル・レイはそのときを待っていた。彼女は精神の炭疽病だった――。

いいかね、ミスター・ハミルトン。あの火事では、陰謀は一つだ。炭疽菌は、土の表面にいたり、それほど深く土中に入り込んでいなければ、火事で消滅する。おそらく、あの大火で渓谷は浄化されただろう――南の端にある骨については、そうとは言い切れないように思うが、どうかな。ミスター・ハミルトン、あのあたりを探し回った後、君は体をきれいに洗い流しただろうね。もし、菌を吸い込んで器官に入ったら、敗血症にかかって、すぐ死んでしまう。君は充分に用心したと思うが、ミスター・ハミルトン」

完全に後の祭りだった。骨を捜索した後、いつも以上に念を入れて体を洗った覚えはない。だが、人の頭蓋骨(ずがいこつ)を存分に触りまくったことは覚えている。まったく、いい気分はしない。

「ここにこうしていますからね」僕は言った。「今のところ、いたって正常です」

「そうだな」

「それに」僕は言った。「ギルバート・レギアも骨を捜しています。彼は、火事の後、何ヶ月もあの場所を捜しています。彼が死んだとは聞いていない」

「ギルバート・レギアが言ったり、やったと言われることに、あまり信を置かないように。

渓谷にいた誰かが言ったり、やったりしたことにもだ。どうしてかは、後でわかる。ギルバートは、自分の父親がどんなふうに死んだのか知りたかった。そして、それがわかると、君と同じように沈黙することに決めた。皆、沈黙することに決めたのだ。私が取り計らって――」

ミスター・プロクターはそこで言葉を切り、上空を見上げた。風に揺れる群葉しか見えないが、飛行機のブーンという音が聞こえた。

「火事がどうなったかを見に、戻って来たんだ」ミスター・プロクターは言った。「無線で基地に連絡しているのだ。断崖（だんがい）のおかげで、火は自然消滅したと伝えてくれることを願おう。もっとも、警備員が来ることは止められないが。だが、心配は無用、ミスター・ハミルトン、君をここから安全に連れ出してあげるから」彼は大きく息を吐いた。「ミュリエル・レイ。彼女になんと言えばいいのだろう？　何をしてあげられるだろう？　私がやったこと以外に、何をして上げられたのか――?」

「シェルトンの狂気」僕は言葉を挟んだ。「すべてはそれだ」

「君はその線に固執するんだな」ミスター・プロクターは言った。「そう……ところで、君は食べていないだろ、もう一本、赤ワインのボトルがある。栓を抜いてくれないか？　君はこの先、強行軍が控えていることを忘れては……」

僕は栓を抜いて、ミスター・プロクターのグラスを満たすと、彼は手を伸ばしてそれを受け取った。自分のグラスにも注ぎ、大型バスケットから肉の薄切りを取り出した。

「結構」老人は言った。「食べられるときに、食べておきなさい……シェルトンの狂気か。そもそもの始まりについては、私はよく知らないのだ。アーノルド・シェルトンが始めてこの地にやってきた時、本国のイギリスで、ちょっとしたスキャンダルがあった。屋敷の下にあるトンネルの様子から、それがどんなことか、おそらく、君は推測がつくだろう。それに、ユースタスとウォレスが、一族の中から妻を見つけるためにイギリスに帰されたというやり方をみてもそうだ。だが、トンネルは——シェルトンの一族は、すべての秘密を知らないと気がすまないのだ。君はトンネルを全部調べてはいないと言ったね？」

僕は頷いた。

「トンネルは屋敷中に張り巡らされている」そう言うと、ミスター・プロクターは空を見上げた。「飛行機は行ってしまったな、ミスター・ハミルトン……そう、トンネルだ。屋敷の下のいたるところにある。歪んだ男たちだよ、シェルトン一族は。だが、大きな地下室を設けたのはウォレスだ——これはすべて、火事の後、哀れにも欺かれたミュリエルから聞いたこと——」

彼の言葉は不意に途切れたが、がらりと表情を変えて僕に向き直り、話を続けた。「大きな地下室は、病んでいるウォレスの思い付きだ。細胞に関するウォレスの神経症的な理論の所産なのだ。細胞は創造と実在の力。善でも悪でもなく、正しくもなく、間違ってもいない。真理にかこつけたこじつけだ……屋敷に招待された客を想像してみよう、ミスター・ハミルトン。女性の客だ。トンネルに案内されて、ドアに辿り着く。彼女はドアを押し開けて足を踏み入れ、アズラエルの下に立つ。テーブルが整えられている、ろうそくが燃えている、カーテンは開いている、そして、彼女は棺を見る、棺に番号がふられていたのを覚えているだろう、ミスター・ハミルトン。彼女は一番目の棺へ行き、エリザベス・アン・シェルトンの人形を覗き込む。

たぶん、それだけでもう、彼女はその場から逃げ出す、何人かがそうしたように。彼女がもっと気丈なタイプなら、おそらく、二番目、三番目と覗き込んでいくだろう。だが、彼女が最初で逃げ出すか、六番目まで覗き込むかにかかわらず、彼女は決してこのことを口にしないだろう。怖ろしい思いをすれば、必ずそうなる。ペラディン渓谷の恐怖をかぎつけた君は実に鋭い、ミスター・ハミルトン。ウォレス・シェルトンは自分の楽しみのためなら、情け容赦をかけないのだ」

ミスター・プロクターは、前から、精神の炭疽病という表現を使っていた。彼がそれで言わんとすることが、僕にはわかったし、なぜ、今まで誰も地下室について語らなかったかもわかった。僕は赤ワインをぐいっと空けた。

「六番目の棺は?」僕は訊ねた。

「客は五番目まで見ていく——エリザベス、アーノルド、ホーテンス、ユースタス、ヘレン。彼女は覗き込んでいるのは死人の顔か、人形か、わかっている。だが、六番目は死人ではない。見上げると、棺の中には裸のウォレスが横たわり、ガラス越しに、にやりと彼女に笑いかけてくる。こんなふうに驚かされて、君なら楽しいと思うかね、ミスター・ハミルトン?」

僕は、その問いかけを聞き流した。「そして、ワインと食事になるんですね」

「必ずというわけではない、ミスター・ハミルトン。その場から逃げだす人もいるから」

「ありがたいことに、彼はもう、にやりと笑って見下ろしたりはしない」

ミスター・プロクターは、まるで酸素が不足しているかのように息を吸った。彼は何も言わなかった。

「それで、ソール・レギアは?」僕は訊ねた。「どこにいるんです?」

やっとという感じで、ミスター・プロクターは言った。「もし君が落盤した先のトンネルを探し続けるなら、キッチンの地下でソール・レギアがみつかるだろう。彼の後頭部にも穴が開いている。ミュリエル・レギアが撃ったのだ、ウォレス・シェルトンを撃ったように。その報告を、二月八日、火事のあった日に受けた……」

彼はしばらくじっと考えた。気がつくと、小谷の光は褪せ始めていた。風は激しい勢いを失っていた。ミスター・プロクターも気がついたらしく、いささか不安げに一帯を見回した。

「望ましくない状況の変化だな」彼は言った。「危なくなる。仮に、風が北西に吹くと、火が我々の方に吹き戻される。だが、それでも君が、ここから出て行けるようにしてあげよう、ミスター・ハミルトン」

彼は僕にグラスを差し出した。ボトルからなみなみと注いでやると、いかにも喉が渇いているかのように、飲み干した。

「火事の日に」彼は再び語り始めた。「陰謀はたった一つしかなかったと、私は言った。その言い方は、大まかすぎるかもしれない。たとえば、炭疽がある。ビリー・チャドとカラザスを除けば、全員がそれにかかっていたし、ビリー・チャドは炭疽について知っていた。それに、どこにでもあるような陰険な意地悪や嫌がらせが、ペラディン渓谷にもあった。女性同士の、特にミリュエル・レイに対する嫉妬だとか、裏切り、垣根越しに隣の女房を覗き見するようなみみっちい悪さなんかも。君が見つけた、愛の言葉を刻んだメダルはこんな気晴らしの一部なのだ。トロスボからセールスマンが来て、あんなものをずいぶん売り歩いていたものだ。

たとえばローリー・コーベットのように、人の秘密をつつきだす性悪もいた。それでも、主人のウォレス・シェルトンに比べれば……」

僕はここで質問をしようかと思った。だが、彼は過去の思い出を手繰り寄せ、これまでは決して口にしなかったことを話して、心が軽くなったようだった。

「しかし、元帳の記入に関する君の解釈は一つ間違っている。火事の前日の前貸しのことだ。あの週末には恒例のトロスボのカーニバルが控えていた——正確には二月十日だ。ペラディン渓谷の大方の住民は、カーニバルに行って、景気よくぱっと使おうと思っていただけなのだ。だが、あいにく、火事のせいでカーニバルどころではなくなった。というわけで、ミスター・ハミルトン、翌日、ペラディン渓谷を完全に消滅させようなんていうよからぬ陰謀を企むのは、一人しかいなかったということだ」

ミスター・プロクターは、ここで一息入れた。彼は木に背中をあずけ、片足をまっすぐ伸ばし、もう一方の足を曲げている。皺の多い赤らんだ肌は汚れ、目は疲れで落ち窪んでいる。

僕は彼をじっと見たが、何も言わなかった。

「君は、ミュリエルの性格を理解しなければならない」彼は続けた。「とにかく、理解しようとしなければ。彼女の人生は情熱的だった——誰もがミュリエル・レイを崇拝し、ひざまづくという世界を夢見ていた。その夢の世界と現実がぶつかると、彼女は現実を放りだした。たぶん、私と彼女は歳が離れすぎていたのだろう。彼女の夢は、私を踏み台にして、ソール・レギアに向かった。私は彼女と離婚した。レギアはミュリエルをペラディン渓谷に連れていったが、彼女はウォレス・シェルトンへの夢のために、彼を捨てた。そして、自分だけの夢の中に生きている、あの気の狂ったエゴイストは、ミュリエルの夢をずたずたにして、取り返しのつかないことをしてしまったのだ。シェルトンの蔑み(さげすみ)とレギアの憎悪の間に引き起こされた苦悩、それを興味本位の嘲り(あざけり)の目で見ている人々を想像してみてほしい。彼らは、何が起こっているか全部知っていたのだ。おそらく君の友人のカラザス以外は。しかし、仮に、君が人生に夢を描き、その夢が砕かれたら、君だって、現実を打ち砕きたいと思うだろう。そういう心理はよくあることだ、ミスター・ハミルトン。

火事の日の朝の情景を思い浮かべてみよう。山間部の火事による煙が入り込んできた。激しい風が吹きつける。息が詰まりそうな熱さ。シェルトンとレギアとクイントリーが早くに調査に飛んだ——あの火事の日の舞台設定はこんな具合だろうか？　男たちの打ち合わせに続いて、山火事が渓谷からどれくらい離れているかを偵察にヘリが飛び立つ。何が起きているのか、まったく知らないのは学校にいる子どもたちと先生だけだ。いよいよ渓谷に馬を出した。

だが、別の動きがあったのだよ、ミスター・ハミルトン——ヘリコプターが離陸すると、ミュリエルはすばやく馬に乗った。君は、どうやって渓谷で火がついたかという問題を解いたが、やったのはミュリエルだ。サンドイッチを焼く浅い鍋に水を張ってリンを入れ、あちこち効果的な場所に置いたのだ。そして、ついに、男たちが南に向かって出発すると、シェルトンとレギアを一人ずつ、トンネルにおびきよせ、二人の後頭部を撃ちぬいた、ミスター・ハミルトン。これで全部わかっただろう」

僕はひどく動揺して、タバコの火をつけるのにも手間取った。「いや、全部とはいえない、ミスター・プロクター。疑問があります。たとえば、消防車。父親の後を追いかけたというハリエットの証言、ほかにも、火事の中でハリエットを見つけ、二人で東側の避難所に走り、そこで、アダム・クイントリーに助けられたというギルバート・レギアの証言。それに、ミセス・レギア自身の検死審問での証言がある。それはとても、あの狂った女性の証言とは思えない。トリスト社の報告はどうでしょう、ミセス・レギアはノースクィーンズランドのベルンバにあるステミーズ・ロードで、娘のティナといっしょに――」

彼は手を大きくふり、有無を言わせず僕の話を遮った。「ミスター・ハミルトン」彼は言った。「生存者は皆――いや一人を除いて、火事の間、溜め池の背後にある洞穴にいたのだ。例外はローリー・コーベット。彼は、ウィリアムズの三兄弟、ギルバート・レギア、パーシー・アンダースン、サンディー・グラハムとともに渓谷を目指してスタートした。三兄弟は――」

「ちょっと、待った、ミスター・プロクター。アンダースンとグラハムは、ミラーとコーベットといっしょに、消防車に乗って北の壁に向かったんですよ」

「それは、彼らが作った話なのだ」とプロクター。「彼らは、北の壁のそばにはまったく行っていない。そして、アダム・クイントリーとハリエット・シェルトンも渓谷には出て行かなかった。それも作り話だ。そこで、君は私にこう聞く。私はどこにいたのか？　そう、ウィリアムズ三兄弟、彼らは男らしく、馬で乗り出し、死んだ。ローリー・コーベットは西側の避難壕へ突進していった。そして、レギアの息子とアンダースンとグラハムは大急ぎでここに戻って来た――彼らは家族を思い、幸運にも難をのがれた」

ミスター・プロクターは小谷の頂を指差した。「ローリー・コーベット以外の生存者を見つけたのはあそこだ。私が最初に渓谷に入ったのだ、ミスター・ハミルトン。そして、私でよかった。もし、最初に来たのが私でなかったら、なにもかも台無しになっていただろう。彼らは自分たちで、考えられなかった」

「あなたが隠ぺい工作をしたのですか、ミスター・プロクター？」

「ああ、もちろんだ、君だって、ミスター・ハミルトン」――彼は僕の膝をぽんとたたいたが、あわてて手を引っこめた――「君だって、不正確で、限られたことしかわからなかったのに、忘れることにしただろう。私はミュリエルを脇に連れだして、充分に話を聞いた結果、実際にあったことは、渓谷の外に一切洩らしてはならぬと思ったのだ」ミスター・プロクターは赤ワインで唇を湿らせた。「ミスター・ハミルトン、君は調査をしながら、なぜ、渓谷の人たちが結託して、ローリー・コーベットを法から守っているのかわからなかった。それで、君は疑問を投げかけた。これまで、こういう環境にあって、ほかに住民が守ろうとした人がいたのだろうか？

答えは、もちろん、自分たち自身。アダム・クイントリーとハリエット・シェルトンからマール・アンダースンまで、誰もペラディン渓谷の真相を新聞種にはしたくなかった。君は彼らを責められるかね？　彼らは沈黙を望んだ。そして、その後、ギルバート・レギアが自分の父親とウォレス・シェルトンに起こったことがわかると、いよいよ沈黙せざるをえなくなった。それで、なぜ、クイントリーとハリエットがペラディン渓谷を放置したまま、決して売りに出さないか、君にもわかっただろう。そう、私は隠ぺい工作をした。手落ちもあった――時間がなかったのだ。作り話はそれほど大きく違ってはいない。そして、消防車は――」

「そうです」私は言った。「消防車には頭を悩まされました」

「厄介な疑いを招くようなものは何も残っていないことを確かめたのだが、ミスター・ハミルトン、すべてが火事で破壊されたのではない。作業場は焼けたが、消防車は破壊を免れた。消防車を北側の壁に持っていって、焼却すべきだったのだが、時間がなくて、途中までしか運べなかった。本当に失敗だった。だが、総じて、我々の作戦は真実として信じられた」

彼の口調に混じった奇妙な響きが、僕の中に抑えがたい疑惑を駆り立てた。「ミスター・プロクター、パット・カラザスはどこで死んだんです?」

彼は残念そうに僕を見つめた。「その質問を君にして欲しくなかった、ミスター・ハミルトン。しかし、そうだな――私の想像でしかないのだが、サリー・ウィリアムズがシェルトンとレギアの真相を知っていた――おそらく、彼女は知っていた――それで、彼女は、カラザスのところに助けを求めにいった。二人は友人だっただろう。サリーは彼をトンネルに連れて行って、二人の男の死体を見せたのだろう。たぶん、そのときには、すでに屋敷に火が回っていた。とにかく、私は、カラザスの部屋の焼跡でカラザスとサリーの遺体を見つけ、暖炉の床の落とし戸が開いているのを発見したのだ、ミスター・ハミルトン」

「そこで、あなたが手配して、サリーを低木地帯へ、パットを学校へ運んだ?」

彼は頷(うなず)いた。「ウィリアムズ兄弟については何もする必要はなかった。チャドの一家もそう。チャドの一家は、本当に平屋を焼き尽くした火に巻かれて死んだのだ。だが、やらなければならない作業は必死で行い、なんとか間に合った」

「で、パットの腕時計は?」

「私は、全部を知っているわけじゃないんだ」ミスター・プロクターはわめいた。「ミュリエルが焼跡から集めて、しばらく持ち歩いていたが、どうでもよくなってどこかに捨てたのだろう。腕時計は東の待避壕に捨てたのだと思う。彼女は徐々に痴呆状態になっていった。だが、大事な点は、ミスター・ハミルトン、君が来るまでは、誰も我々の作り話を疑った者はいなかった」

「そんなことを言われても、嬉しくありませんよ」僕は言った。「だが、ミセス・レギアはノースクィーンズランドに住んでいる——どう工作したんです？」

「彼女には姉がいるのだ、大金を払えば、二つ返事でレギアの名前を騙ってくれた」ミスター・プロクターは一瞬顔を歪めた。「私は自分を神と思っているわけじゃない、ミスター・ハミルトン。渓谷が世間から軽蔑されないようにしたのだ。私は法の決定が出るまで、ミュリエルをはじめ、全員に目を光らせた。だが、罪は償わなければならない。気の触れた彼女をペラディン渓谷に匿い、夢を取り戻してやろうとした私は、そう——罪は償われなければならない。

それは奇妙な償いだった、ミスター・ハミルトン。地下室に空のボトルがあっただろう。夜、あそこで、死人といっしょにワインを飲む彼女を考えてみたまえ。悪夢だ。そこに侵入する者は皆、危険な目にあう悪夢だ。君は侵入し、運良く逃げることができた。彼女は暗闇で君の手をつかんだとき、君を殺すつもりだった、だが、君は頃合いよく、撤退した」

あの最悪の瞬間を思い出すと、一瞬、鳥肌が立った。「僕はあの場所を調べた」僕は言った。「ドア以外に出入りの手段はなかった。そして、そのドアを使ったのは僕だけだ」

「君は知らないだろうが、カウンターの奥にあるキャビネットは動くのだ」老人は幽霊のような薄笑いを浮かべて言った。「カウンターの表面についているあるノブを押せば、キャビネットが床下に沈む——自然に戻るようにおもりもついている。それに、君の話を聞くと、彼女が脱出する時間は充分あった。だが、私は君に警告しようとしたのだよ」

「あなたが警告しようとした——」そのとき、僕は思い出した。「ハリエット・シェルトンの証言にアンダーラインを引いたのはあなたたか」

「君ならぴんとくると思った。私が君のビールを一缶動かしたとき、君はすぐに気付いた。だが、君はだまされなかった、私が牛の骨に紛れ込ませておいた頭蓋骨にだまされなかったように。とはいえ、あのトリックはまずかった。ちなみに、あの頭蓋骨は、カラザスの持ち物だ。君の粘り強さには脱帽だよ、ミスター・ハミルトン」

一息ついて、僕は言った。「まだ、わからない問題が一つあります。爆発——」

「ああ！」彼は遮った。「彼女はどこで、ダイナマイトや雷管、導火線を手に入れたのか？ビリー・チャドがそういうものを大量に買ったことは、古い元帳を見て、知っているだろ。チャドには、火を避けられる隠し場所があった。彼女は本居にしている洞窟に、それをしまっておいた。彼女の頭の中にはいつも、地下室とトンネルを爆発させるという考えがあったのだろう。君が現われたことは、絶好の機会だったのだ」

「では、学校にあった雷管は？」

「そうだな――君が来てから、彼女があそこに取り付けたことは確かだ、ミスター・ハミルトン。君は粘り強いし、運がいい」

我々は数分間、何も言わずに座っていたが、僕はミスター・プロクターの見る影もなくなった端正な顔を見た。「でも、なぜです？」僕は訊ねた。

彼は驚いたようだった。「それは明らかにしただろう。彼女は夢に負けたのだ。廃墟の中にいても、彼女はまだ夢を見ているようだった、彼女は――」

「違う」僕は言った。「僕が訊いているのは、あなたのことだ」

「ああ！」彼は言った。「たぶん、私も夢を見ていたのだろう。彼女はとても美しかった……」

13

黄昏てきたので、我々は移動した。まだ日は暮れきらず、ジープの前をゆっくりと走るミスター・プロクターのステーションワゴンがよく見えた。

「本当に暗くなったら」彼は出発前に言った。「私は駐車ランプとテールランプをつけるが、君はランプをつけないでいい。私のブレーキランプが二回、また二回と点滅したら、停まるのだ。だが、万事順調なら、停まる必要はない」

北西の方向に向かっているというだけで、我々がどこを目指しているのか、僕にはさっぱりわからなかった。学校の焼け跡のそばを流れるクリークを渡ったことはすぐにわかり、その後、屋敷と離れ家があった敷地を通ったらしいとは思うのだが、それから後は、ミスター・プロクターに導かれるままについていくだけだった。

南西から風が吹いてきて、焦げた草の匂いを運んできた。渓谷のはるか向こうで、時々ぱっと火が燃え上がり、火の粉のシャワーのようだった。夜空に銀河が輝いている。ときどき暗がりから、幽霊のような形の木が忍び寄るように現われては、消えていった。

ミスター・プロクターのテールランプと駐車灯がついた時、僕はほっとした。だが、ルビーのように輝く二対の光を見ていると眠くなった。なるべく、駐車灯のほの暗い光の先の方に目を凝らしていた。でこぼこ道になった。上下に揺れる赤いランプの後について行くと、ジープの腹がどんとつかえたり、車体が震えたりした。

目下、右手にはぼんやりと暗い壁が見える。車をさらに壁側に寄せると、岩の飛び出した部分に赤いテールランプの光が反射した。似たような壁が左側にも続いているのがわかったとき、テールランプが急に上り坂を走り始めた。

僕はロー・ギアに落とした。車体を歪ませ、右に左に岩の割れ目を曲がりながら、ワゴンはどんどん登っていった。僕はできるかぎり間隔をおかずに、ミスター・プロクターの後に続いた。たぶん、彼は僕のことを考えてくれているのだ。これほどきつい運転などめったにしない僕でも、なんとか運転できる位置に導いてくれるからだ。

岩の壁は遠のき、道は平らになった。夜空を背景に、丘陵が黒いシルエットを描いている。曲がりくねった道を四〇〇メートルほど進むと、ミスター・プロクターのブレーキランプが二回、また二回点滅した。

ジープを停めると、彼がやってきた。

「もう、ヘッドランプをつけてもいいだろう」彼は言った。「だが、まず、君に見て欲しいものがある。エンジンを切るんだ」

僕はイグニション・キーを戻すと、我が身を持ち上げるようにして車から降りた。彼に案内されていくと、突然、前方が真っ暗な空間になった。ミスター・プロクターは、僕にペラディン渓谷を見収めする時間を与えてくれたのだ。だが、空間は完全に真っ暗ではなかった。はるか南の方の暗闇（くらやみ）に、小さな点のような自動車のヘッドランプが見えた。その光線を上下左右に揺さぶりながら、車はでこぼこの地面をのろのろと進んでいる。

「警備員たちだ」とミスター・プロクター。「火が回らなくてよかった。それに、遅くに来たことも、ありがたい」

我々は口笛のように鳴る風の音を聞きながら、しばらくの間、じっと光を見つめていた。

「行こう」ミスター・プロクターがそう促し、我々はワゴンとジープに引き返した……。

ミスター・プロクターが車を停めたとき、時計は午前二時を指していた。彼はワゴンから降りると、懐中電灯を手に、僕の方へ歩いて引き返してきた。東方を見やると、高くまっすぐに伸びるユーカリの木を透かして、はかなげな月の淡い光が見え、木々の葉が冷たい風に震えていた。

「案内できるのはここまでだ」ミスター・プロクターは言った。「君が行く道を教えてあげよう」

僕は車から降りて、彼といっしょに歩き出した。ステーションワゴンの脇（わき）をすぎてからちょっとした坂道を登り、浅い切り通しの道を躓（つまず）きながら進んだ。懐中電灯の灯りが、樹間に残っている曲がりくねった車輪の跡を照らし出した。

「君は右手に進んで、プリンセス・ハイウェイに出ればいい」ミスター・プロクターは言った。「私は左側に行って、スノーラインに行く。プリンセス・ハイウェイまで一二〇キロだ。ガソリンは充分あるだろ？」

「まだ、二缶残っていますし、タンクにたっぷり半分は入っています。そっちはどうです？」

「こちらは大丈夫だ」とミスター・プロクター。彼はつくねんと立ち尽くし、懐中電灯の光が足元の地面を照らしている。「もう、お互い話すべきことはないと思う」

「そうですね——いや、ある。実は二点あります。一つはつまらないことですが、少なくとも僕には興味がある。もう一つは、どうしても知りたい。つまらない方の質問です。古い元帳によると、ウィリアムズ一家は、火事があった時点で、九百ポンドを超える預金があった。誰かその金を受け取ったんですか？」

ミスター・プロクターはそっけなく含み笑いをした。「ああ、誰かが来て、請求したと思う。だが、君が言ったように、それは取るに足りないことだ。どうしても知りたいこととは？」

僕は彼を見た。彼の顔をはっきりと見たかった。

「なんだね、ミスター・ハミルトン？」

「あなたは、陰謀が二つあったことは認めた、ミスター・プロクター。だが、三つ目がある。あなたが企てた、沈黙するという陰謀です。さらに、きっと四つ目もあった、というより、たぶん三つ目の一部でしょう。つまり、ローリー・コーベットを沈黙させるということです。彼は口を封じられたんですね？」

ミスター・プロクターは首を振ったように思う。うすら笑いも浮かんでいたように思うが、懐中電灯が地面に向いていたので、薄暗がりで表情がよく見えず、確信はもてない。

「陰謀というものを企むには、少なくとも人間が二人必要だ」彼は言った。「私は、一人で、ローリー・コーベットを殺した。一から十まで、私だけの考えだ」

「あなたが彼を殺した！」

「彼は私も脅迫していたんだ、ミスター・ハミルトン。だが、フェアな戦いだった。彼が私を殺すか、私が彼を殺すか。判定は私に下った」

いかにも彼の気性にふさわしいことだが、そこまでする執念に、僕は身震いを覚えた。

「ほかには、ミスター・ハミルトン？」

「ありません」僕は言った。

「それでは、私の方から言っておくことがある」彼は言った。「私はローリー・コーベットを殺した。君も殺したかもしれない。君がペラディン渓谷で起きたことを外部に話すと思ったら。とにかく、殺そうとはしただろう」

体中に寒気が走った。「そんな気がしていた」僕は言った。「そうする必要がなくて、よかった」

「私もだ、ミスター・ハミルトン。さて、君の行く道は右の方だ」

僕は手を差し出したが、彼はとっさに手を後ろに隠した。

「一体どうしたんです！」僕は大きな声で言った。

「だめだ」彼は険しい口調で言った。「だめなのだ。ミュリエルが死んだのは爆発で負傷したせいだと、君は思っているだろうが、そうじゃない。彼女は炭疽病（たんそびょう）だったのだ、ミスター・ハミルトン、炭疽病！」彼は一息ついた。「君ももしやと思うなら、ずいぶん、皮肉なことだ。しかし、私には兆候があったような気がする。だから、ミスター・ハミルトン、君に彼女を触らせなかった、そういえばと思い当たるだろう」

そうだった。あの後、僕に食べ物や飲み物の世話もさせたし、死んだ女性に面会して以後、彼が触ったものには、僕は決して触ることはなかった。

「運を天に任せよう」僕は言った。

「そうはいかない」彼は言った。「これからの行動が気にかかる……」

渓谷を出る道は険しかったが、入るときほどでもなかった。早朝五時にプリンセス・ハイウェイに入り、先を急いだ。

ハイウェイを軽快に飛ばし、午後遅くにルーカス・ハイツを通過するころ、ある考えが浮かび、僕は激しいショックを感じた。僕は丸呑みしてしまったのだ、餌だけではなく、釣り針のついた糸ごと、錘までも。

ミスター・プロクターが本当のことを言っているとどうしてわかる？　小谷の上にあった小屋で死んだのが、ミュリエル・レギア、元ミュリエル・プロクター、旧姓レイだと、どうしてわかる？　ウォレス・シェルトンとソール・レギアを殺し、ペラディン渓谷を消滅させ、ひいてはパット・カラザスとウィリアムズとチャド一家を殺したのは、たぶん、ミスター・プロクターなのだ。彼には動機があった。彼自身が言っていたではないか、かつて、ミュリエル・レイはとても美しかったと――小谷の上方の地に埋葬したのが、ミュリエル・レイなら。

僕の心の動揺は、家に帰り着くまで続いた。両親は僕を大騒ぎで出迎え、酒を差し出し、温かい料理を並べてくれた。やがて、父が僕に押し付けるように、夕刊を見せた。

「この記事だ」彼は言った。「著名な人物のステーションワゴンが崖から落ちて死亡とある。プロクターという、ヴィクトリアのトロスボ在住の男だ。早朝のスノーライン・ハイウェイでの事故だ。トロスボは、おまえが行ったところのそばだろう?」

ひどいショックだったが、僕は取り乱すことなく、なんとか口の中の食べ物を飲み込んだ。彼がやったのだ、周到に計画して。細心の注意を払って、慎重に——もう、疑いの余地はない。

「そんなに遠くないよ」僕は父に言った。

訳者あとがき

本書はオーストラリアの作家シドニー・ホブスン・コーティアが一九六七年に発表した *Murder's Burning* の翻訳である。

六年前、豪州ヴィクトリア州の山奥にあるペラディン峡谷が激しい山火事で焼失した。その地に教師として赴任していたスチュアートの親友カラザスも犠牲者の一人だった。生前、筆まめなカラザスから渓谷の住民たちの様子を詳しく知らされていたスチュアートは、六年を経過しても尚火事に不審を覚え、ペラディン渓谷で本当は何が起こったのかを調べるべく、現地へ赴いた。手がかりはカラザスがくれた手紙の束と大火災を報じた当時の記事や記録のみ。一人現場に身を置きながら、手がかりを突合し、矛盾を解き明かしていく。火事は山火事に見せかけた陰謀か。焼け跡に異様な光景を発見したり、正体の見えない人の気配を感じつつも、スチュアートはじわじわと真相に迫り、核心をつかんだかに思えた。だが、〝本当〟の真相は……。

オーストラリアの大自然と、それとは対照的なシェルトン一族の閉ざされた狂気と怪奇、スチュアートの仮説の構築・修正・再構築の繰り返しによる謎解きの妙が読みどころである。

著者シドニー・ホブスン・コーティア（一九〇四―七四）はオーストラリアのヴィクトリア生

まれ。メルボルン大学で教育学を学び最優秀で卒業した後、教職に就く。一九三二年から著作をはじめ、オーストラリア、アメリカの雑誌に記事、短編、長編を発表。長編は全部で二十四冊あるが、邦訳されたものはない。そのため日本ではあまり名を知られていないが、本国オーストラリアでは国際ペンクラブ、オーストラリア会長を務めたこともある。

オーストラリアの出版社ウェイクフィールド・プレスは、国際的には高い評価を受けたものの本国オーストラリアではあまり知られていない名作ミステリーを発掘するという意図のもと、〈クライム・クラシック〉シリーズを出版している。コーティアの作品もこのシリーズで二冊出版されていて（*Ligney's Lake*、*Death in Dream Time*）、これらの作品も日本に紹介されることを願っている。

Murder's Burning

(1967)

by S. H. Courtier

〔訳者〕

伊藤星江（いとう・ほしえ）

独協大学外国語学部英語学科卒業。インターカレッジ札幌で翻訳を学ぶ。札幌市在住

謀殺の火

——論創海外ミステリ 17

2005年4月10日 初版第1刷印刷
2005年4月20日 初版第1刷発行

著　者 S・H・コーティア

訳　者 伊藤星江

装　幀 栗原裕孝

編集人 鈴木武道

発行人 森下紀夫

発行所 論 創 社

〒101-0051 東京都千代田区神田神保町2-23 北井ビル
電話 03-3264-5254 振替口座 00160-1-155266

印刷・製本 中央精版印刷

ISBN4-8460-0634-4

論創海外ミステリ〈好評発売中〉

1 トフ氏と黒衣の女〈トフ氏の事件簿❶〉
ジョン・クリーシー　(本体 1800 円＋税)
「貴族探偵と殺し屋アーマ――宿命の対決！」

2 片目の追跡者 (本体 1600 円＋税)
モリス・ハーシュマン
「探偵クレインに突きつけられる無情の結末」

3 二人で泥棒を―ラッフルズとバニー
E・W・ホーナング　(本体 1800 円＋税)
「『ルパン』に先駆ける『泥棒紳士』の短編集第１弾」

4 フレンチ警部と漂う死体　(本体 2000 円＋税)
F・W・クロフツ
「フレンチ警部、地中海へ行く！」

5 ハリウッドで二度吊せ！　(本体 1800 円＋税)
リチャード・S・プラザー
「銀髪探偵シェル・スコット、映画の都で罠をかける」

6 またまた二人で泥棒を―ラッフルズとバニーⅡ
E・W・ホーナング　(本体 1800 円＋税)
「あの二人が帰ってきた！
『泥棒紳士』の短編集第２弾、登場！」